最后一个舅舅

樊希安 著

四川文艺出版社

图书在版编目（CIP）数据

最后一个舅舅 / 樊希安著. -- 成都：四川文艺出版社, 2023.1
 ISBN 978-7-5411-6470-5

Ⅰ.①最… Ⅱ.①樊… Ⅲ.①散文集—中国—当代 Ⅳ.①I267

中国版本图书馆CIP数据核字（2022）第187392号

ZUIHOU YI GE JIUJIU
最后一个舅舅
樊希安 著

出 品 人	张庆宁
责任编辑	茹志威　邓艾黎
封面设计	赵海月
内文设计	赵海月
内文插图	赵海月
责任校对	段　敏
责任印制	桑　蓉

出版发行	四川文艺出版社（成都市锦江区三色路238号）
网　　址	www.scwys.com
电　　话	028-86361802（发行部）　028-86361781（编辑部）
排　　版	四川胜翔数码印务设计有限公司
印　　刷	四川机投印务有限公司
成品尺寸	145mm×210mm　　开　本　32开
印　　张	6.25　　　　　　　　字　数　100千
版　　次	2023年1月第一版　　印　次　2023年1月第一次印刷
书　　号	ISBN 978-7-5411-6470-5
定　　价	42.00元

版权所有·侵权必究。如有质量问题，请与出版社联系更换。028-86361795

序

朱 鸿

读樊希安这部散文集,我流泪再三,不得不一次又一次释卷洗脸,以平抑我的激动。我不是在恭维该作家,也无意于吹嘘该书,我的感受和状态就是这样。

文学之美,各有各的美,散文也是如此。中国古代的散文作家,多且渊玄,允我绕过。中国新文学以来的散文作家,鲁迅奇瑰而深刻,周作人平淡而沉厚,朱自清诚挚而典雅,孙犁静正而简省,汪曾祺闲晏而节性。置这样一个传统之中,我以为樊希安的散文伤怀而温暖,凡有相似生活经历的人,甚至并无相似生活经历的人,只要有一颗善良的心,必受感动。

不宜逐次评论樊希安的作品,因为审美没有统一标准,而评论则会涉嫌导引,高士往往是不乐意的。我只想分享一下,他的散文到底以什么魅力感染了我,使我共鸣,并催我怆然涕下。

这部作品自有其结构，便是以人的亲疏关系分为四辑。中心是父母兄弟姐妹，接着是亲戚，接着是乡亲，最后是故乡风物，不过这也是有人在其中的，遂为乡情。每一辑的作品，都沁漉着恳切而浓厚的感情。最令人动容的，是关于父母的叙述。

伏案长思，我的眼前尽是真实的人，生动的人，充满了泥土和烟火气息的人，且是可敬可爱的人。

母亲白天耕田、执炊和洗衣，晚上纺线织布。不累是假的，累也要硬撑。凡穿戴和铺盖，全用母亲的家织布。祖孙三代，乃至儿媳，皆有母亲的家织布。家织布里是棉花，也是母亲的血汗和生命。在一个阶段，终岁也难吃上肉。过年了，父亲才去公社的什么地方割肉。煮熟，捞出切开，放在碗里，母亲调好，然而父亲不舍得吃，母亲也不舍得吃，只凭自己的孩子狼吞虎咽。作家深情地说："我从小到大历经多次煮肉，脑海里竟没有父母吃肉的记忆。"以小见大，父母的牺牲精神遂生辉熠熠。也许作家过去并不完全理解父母的艰辛，遂在以后反复喟叹，觉得自己尽孝不够。

母亲还特别慷慨，周济邻里从不犹豫，当送衣就送衣，当给饭就给饭。父亲是木匠，更是义人。当场长，碾麦子，会赤脚踏着日照返家，以免带回麦子粒而受到怀疑。为乡民盖房，有一次在主家用餐，碗里竟埋着一只婴儿的鞋。父亲不抱怨，不发声，反之悄然倒掉了饭，是要防止主家尴尬。

高贵的人在哪里？高贵的人就在生活的沉浮面上或生死线上。

三舅也是敢作敢为，且勇于担当。给母亲过了三年，三舅怕自己老了，再来走亲戚不容易，便提出要给外甥做主分了家产。作家在异地工作，说："我远在东北，不要家里的一草一木。"三舅说："不中，我当舅的得公平，谁不要也不中。"他担忧这个外甥若犯了错误，从单位下放了，老家竟无落脚之地，三舅说："叫我咋对得起你死去的爹娘！"无意之中，历史也便发出了叹息。而伯父的女儿月姐，从陕西奔丧至河南，跪哭病逝的母亲说："娘啊，我苦命的娘啊！我以后回家我找谁去啊！"父亲为叔，拉起月姐说："闺女，不哭了，你妈不在了，有你叔呢！"月姐连磕三首呼道："叔啊，俺大俺妈都不在啦，您收下您这苦命的女儿吧！"而表叔拐天义经营烧鸡生意，别人借他钱有几十笔，他既不催账，也不收利息；而铁匠末有爷，制镢头、钯钉或镰刀，必是精益求精，且会打上自己的官名以示责任，当然他也是一口价，不含糊；而理发师秋来哥是快乐的单身汉，遂把店铺变成了村民的俱乐部、茶舍和食堂，技术精湛，态度和乐，交费么，你随便。

我以为这本书的思想意义颇大，它以一家人、一村人及由一家人创业或嫁女而散居的方圆千百里人的日子，反映了中原人的性格、情怀、品质及价值观。他们劳苦、乐观、热爱生活，并追求生活的幸福。他们很质朴，更懂仁义，这正是一种儒家文化的大理。中原人不就是中国人吗？

我有幸认识樊希安，他也是一个可敬可爱的人。他不知我齿历，以为我年长，总是称我为兄。不料终于发现我出生晚，他出生早，便连呼吃亏了。接着说："吃亏就吃亏了，也不改口了。"当时四方朋友晤于一室，闻者众，无不大笑。这样一位作家，其散文的语言便活泼，轻快，直爽，径入事物的本质。句子多短，遂铿锵有力，不蔓不枝。

2022 年 10 月 20 日，窄门堡

（作者系散文作家，冰心、老舍散文奖获得者，

陕西省作家协会副主席，陕西师范大学文学院教授）

目录

第一辑 / 家里人

003 —— 生命·布·奶奶
014 —— 煮　肉
019 —— 忆参军
030 —— 仁义的木匠
033 —— 父亲节追忆
037 —— 方　桶
044 —— 梦见俺娘
047 —— 晚摘的石榴
050 —— 窗　前
055 —— 祭二哥
065 —— 大　姐
071 —— 中宁枸杞

第二辑 / **亲戚群**

077—　　最后一个舅舅
086—　　四　姨
094—　　月　姐
098—　　秀　英
103—　　表叔拐天义

第三辑 / **众乡邻**

111—　　"老拐"老师
119—　　末有爷
128—　　士振爷
135—　　明云爷
143—　　樊小拉
148—　　大头娃
154—　　秋来哥

第四辑/ **故园雪**

165—　　难忘故园
172—　　我家的柿子树
178—　　恋雪情结
182—　　故乡的年

187—　　**后　记**

第一辑

家里人

你见过方的水桶吗?

噢,没见过。

我见过,只有一次。而且是在梦中,

看见方桶,我一时间泪流满面。

生命·布·奶奶

这篇文章是儿子和我共同完成的。那日我偶翻他的日记,被其中的一篇深深感染了。这篇日记篇名为《生命·布》,标明"1998年10月18日　阴雨",全文如下:

爱干净的妈妈收拾衣柜,拿出一张叠放整齐的布。"这是你奶奶以前织的。"她说。我摸了摸这块布,真的是很粗糙。我睹物思人,想起了已过世的奶奶。

奶奶这一辈子都在农村,是一个十分平凡的农村妇女,我对她的印象不很深刻,因为我只见过她两次。但如今我摸着这块布,这块粗糙的布,不禁想起了她,又感到了一种莫名的凄然。

我仿佛看到奶奶正在纺车前织着那块粗糙的布,我仿佛体会到了生命的短暂与珍贵。

啊，我悟到了，我们这些活着的人不也正在编织着自己的布吗？当用完最后一丝线时，那就是生命的尽头了。我想，无论这块布华美与否，对于我们来说，它都是最为珍贵的，因为为了它，我们用尽了一生的精力……

平心而论，儿子的这篇日记写得不错，从文章的立意到遣词造句都体现了高二学生的写作水平。但最令我心动的不是其写作水平的提高，而是文中蕴含的对奶奶的情愫以及通过此对生命意义的感悟。

我的家在豫西北平原，那是盛产棉花和小麦的地方。儿子五岁和九岁时，我和妻子先后带着他回去过两次，行程匆匆，时间短暂，故他对奶奶印象不深刻，写不出更多感性的东西。他的文章中也的确有"粗糙"的地方，明显之处有二：一是把一匹布称为"一张布"；二是"仿佛看到奶奶正在纺车前织着那块粗糙的布"，给人一种布是在纺车前织出来的感觉。错错错！但是，这错误不是我儿子一个人独有的错误，由于生存境遇的不同，加之时代的变迁，他们这一代人，或再上溯到三十岁左右的年轻人，有谁能说得出农家土布是怎样织出来的呢？

不知并不为怪，但不知却难以知晓其诞生的艰辛，难以知晓农妇为此付出的辛劳，也难以理解我们这一辈人对老一辈人刻骨铭心的情感。为此，我要接续儿子《生命·布》的话题，告诉他一匹家织布产生的历程，他有怎样一个以日月抛梭用生命织布的奶奶。

儿子，我的母亲你的奶奶是一个穷苦人家的女儿，嫁给了一个同是出身穷苦人家的我的父亲你的爷爷。你奶奶和爷爷结婚时房无一间，地无一垄，借住在别人家里，靠给人家当长工做佣工过生计。那时，奶奶和爷爷很穷，穷到了极点，但虽穷，却有生活的希望和异常坚韧的奋斗精神。凭着自己的双手，一点一点置办了家产，以后又陆续有了六个孩子。在微不足道的家产中，就有一台织布机和纺线车，以及纺线织布附属的一些物品，这是日常家居的必备品。黄梅戏唱"你耕田来我织布"，不织布衣从何来？虽说本世纪初已西风渐进，产生了"洋布"，但是价格昂贵，农人何敢问津？我生于50年代中期，从记事之日起，就知道全家的穿戴都是靠你奶奶手织出来的。我那时年纪幼小，尚不知生活的艰辛，甚至觉得纺线、织布很好玩，当你奶奶不在身边时，我会把纺车转得"嗡嗡"乱飞，如玩具般玩耍；或者跳上织布机,"咔嗒咔嗒"地乱踩一通。以后年纪大了,才知道你奶奶是何等艰辛,她把生命织成了布,让我们穿在身上去御寒和炫耀。

儿子,一匹布的产生是艰难的。从一粒棉籽入土到收获棉花,从棉花再转换成布匹,历经春华秋月,融进了你奶奶无尽的血汗。一粒棉籽种入土里,出苗后浇水、打杈、喷药,收获时收摘、晾晒,送去轧(除去棉籽成为皮棉)、弹(疏松成絮棉),已经耗费了几多心力,然而要把它变成布匹,只是"万里长征走完了第一步",还要耗费更多的心血。先是搓(搓成纺线用的棉团),后是纺(把棉团纺成线),其次是浆(使线变硬),再次是染(染成各种颜色),再次是缠(缠成适合织的规格),再次是织(把线织成布),再次是捶(使布柔软),再次是抻(抻布使之直)。其中难度最大的是纺和织两道工序,最耗时力。你的奶奶聪慧能干,是远近闻名的织布能手,有令人叫绝的纺织技术,但技术的背后是心血,它要靠精力和耐力的支撑。我是亲眼看见你奶奶是如何纺线织布的,时至今日,我一闭上眼睛,就能想起你的奶奶冬夜纺线和雨天织布的模样。

打我记事起,咱老家堂屋贴近腰墙(把两间房隔断

把生命织成布的母亲

她上了织布机，一坐就是几个小时，脚踩布机，手执木梭，一梭一梭地织。"咔嗒咔嗒"，"咔嗒"一声，梭走一个来回，把纬线织进经线，布便一毫米一毫米地增长。这织布如春起之苗，不见其增，时见其长，需要体力，更需要耐力。一梭一梭，千梭万梭，才有尺长寸进。

的墙）的地方，就摆放着一辆纺车。摆放了多少年，我说不清；纺了多少线，我也不知道。但我知道，纺车的轴、摇把都磨得油光光的，昭示着日积月累之功。纺车之前，摆放着一只草编的蒲团，那是你奶奶的坐席。离纺车不远是一只方桌，左右有两把木椅。两把椅子白天可待客，到了晚上一把供辛劳了一天的爷爷休息（那只躺椅），另一把留给我或你的姑姑做作业使用。纺车之所以要靠近方桌，是因为方桌上有一盏煤油灯，你的奶奶可借助灯光来纺线。冬夜是漫长的，那是你奶奶纺线的最佳时光。收拾了碗筷，洗过了锅盆，你奶奶便像准时上岗的哨兵，坐在纺车前。我趴在桌子上做作业，不久，躺椅上你的爷爷便鼾声如雷，他给人家修房造屋做木工活，实在是困极了。每当这时，你奶奶便让你爷爷去睡觉，爷爷不肯，揉揉眼睛说："我再坐会儿。"他是想多陪陪你纺线的奶奶呀。夜深人静，我和你爷爷都睡下之后，你奶奶纺车的嗡嗡声仍响个不停。爷爷招呼奶奶："旺妈，你也睡吧！"奶奶说："再纺几个骨节（方言，指棉团）。"这时，奶奶把桌上的油灯端下挂在贴近纺车的墙上，把灯芯调得光亮如豆，又开始不停地摇动着纺车。只见她右手摇车，左手抽线，随着纺车一圈一圈地飞舞，锭上的线也越缠越多。一锭缠满，卸下再缠。这是个手眼并用的活路，"抽一丝而动全身"，消耗的体力是可想而知的。那时我睡觉的房间和你奶奶的纺车只有一墙之隔，常在纺车声中进入梦乡。一觉醒来，可听见纺车的嗡嗡声；又一觉醒来，嗡嗡声仍不绝于耳。有时不听嗡嗡声，却有灯光映射进来，便爬起来从门缝向外看，只见你奶奶坐在纺车前的蒲团上，头一点一点地打起了盹。"妈，去睡吧！"我心疼你奶奶。"乖，你睡吧，我一会儿就来。"话音刚落，纺车声又起，好像一个乐章奏完又开始了另一乐章。早晨起来，不见了坐在蒲团上的你的奶奶，她已经开始操持一天的家务，锅灶间、猪圈旁闪现着她的身影。摸摸纺车前草编的蒲团，上面似乎仍残留有你奶奶的体温，纺车前堆放的棉团不见了，只见小筐里摆放着一群又白又胖的线娃娃。夜夜如此，岁岁如此，我就是在你奶奶的纺车声中长大的。

俗话说"男耕女织"，实际上你奶奶并非专司织布，大田里耕作，哪一样也少不了她，春种秋收夏锄冬藏样样都需要她忙活。织布是农活外的业余活动，多是在农闲时节或阴雨天进行。咱家那台老式织布机摆放在街房一进门且临窗的地方，这样光线充足，能看得清楚。农闲或阴雨天是农人的"星期天",但这时,你的奶奶却更加忙碌,她要利用这一时间把全家人穿衣做鞋盖被用的布匹织出来。她上了织布机,一坐就是几个小时,脚踩布机,手执木梭,一梭一梭地织。"咔嗒咔嗒","咔嗒"一声,梭走一个来回,把纬线织进经线,布便一毫米一毫米地增长。这织布如春起之苗,不见其增,时见其长,需要体力,更需要耐力。一梭一梭,千梭万梭,才有尺长寸进。儿子,表示布的单位并不用"张",而是用"匹"。一匹家织布,横幅为一尺或一尺二,长度为老尺的三丈二或三丈六。你的奶奶一坐上织机便进入了忘我的境地。一天下来能织多少我也记不清,也不过一两尺吧,一匹布要耗费多少时间呢,数匹布耗费的时间则要更多。你奶奶会织普通的布,也会织花布,还会织做床单的布,而布越复杂越要耗费更多的时间。农闲时节,你的奶奶就是在织布机上度过的。在这古老的织布机上,她度过了她的一生,她卸下一匹,再织一匹,日日不息,连绵不断。这些布使我们全家有身上穿的衣、脚上穿的鞋,床上盖的被,使我和你的伯伯姑姑们身上夏有单、冬有棉,过节有新衣,能齐齐整整地站在人前面,有做人的体面和自豪。我们身上的一丝一缕,都渗透着你奶奶身上的血汗啊！

我当兵离家时，穿上了新军装，里外一新，你奶奶却坚持用家织布给我做了一套衬衣衬裤，说家织布贴身，穿着吸汗、暖和。我和你妈结婚时，你奶奶捎来两床用家织布做里的被褥，是她和你的姑姑们趴在地上的竹席上，一针一线地缝起来的。你出生时，你奶奶还寄来了用家织布做的小衣服呢！我和你妈第二次带你回老家时，你奶奶明显衰老了，且患病在身手脚不便。她让你姑姑从箱底拿出一匹家织布，拉着你妈妈的手说："就剩这点儿箱底了，你带回去，也许能派点儿用场。"话中带有老将不能再驰骋疆场的凄然，又洋溢着对子孙不尽的爱意。多年啦，这匹布被你妈妈精心地收藏着，算作是一点儿纪念。而它恰恰被你看见了，使你"睹物思人，想起了已过世的奶奶"，而你的日记，又勾起了我对你奶奶的怀想。

是的，活着的人都在织着自己的"布"。你说得好，这块布不管华美与否都是珍贵的，因为它用尽了"一生的精力"。这又使我联想起了你的奶奶。你奶奶是一个十分平凡的农村妇女，她的一生没有耀眼的光辉，却把生命纺在了线里，织入了布里，缝进了衣里，且乐此不疲无怨无悔，给了亲人无限的温暖和春意！

不久前我回老家，特意去看看你奶奶用过的纺车和织布机。咱们家乡早已不再有谁来纺线织布了，因此便没有谁来精心保管这些过了时的物品。堂屋的纺车不见了，街房里的织布机却依然如故，只是落满灰尘蛛网交织了。我抚机沉思良久，耳畔仿佛又响起你奶奶"咔嗒咔嗒"的织布声，眼前仿佛又看见了她前俯后仰穿梭织布的身影。你伯父看出了我的心思，他说："你把咱妈织布的梭带去，留个纪念吧！"结果好一顿寻找，却不见梭的影踪。最后，我带了一只你奶奶纺线用的木锭，一只木质的倒线用的"yuān"。现在，这两件东西就摆在我的书柜里。看见它们，我就想起了你勤劳慈祥的奶奶。

从老家归来，我已多次梦见你奶奶织布用的那只梭。一只梭没有什么珍贵的，丢失就丢失吧。但愿不是你的奶奶把它带了去。我愿你已去世的奶奶在另一世界不再抛梭织布，轻松愉快地过点儿好日子。

煮 肉

这个题目得自国外,得自我在西欧的旅途中。那晚我们由奥地利向意大利进发,途中,宿在一个叫格拉兹的小城。导游把我们领到一个叫"京园"的中国餐馆去用餐。菜不多,计有烧牛肉、素炒白菜、清蒸鱼、扒生菜、水煮肉。就是这盘水煮肉使我又尝到了幼时在故乡吃肉的滋味,也使我触肉生情,想起在老家煮肉时的种种情景来。相隔数十年,距离数万里,在异国他乡,竟能吃到味道不差分毫的水煮肉,重闻故乡灶房里独特的肉香味,是上苍的刻意安排吗?饭后同一行数人去游格拉兹火车站,我眼观异乡奇景,脑袋里却翻滚着老家灶房里煮肉时的柴烟水汽,父亲母亲的面容一一在脑海里清晰地闪现。回到旅馆洗澡时,立于喷头之下,我的眼泪终于涌了下来,分不清哪是浴水,哪是泪水,一任它顺流而下。在哗哗的水流声中,我的思绪飞越重洋回到了故乡。

幼时家贫,生活比较清苦,虽说解放了,过日子能吃饱穿暖,但肉却是不常吃的。父母要用牙缝里省下来的钱盖房造屋和供我们上学,故一年也吃不了几次肉。我们家乡把买肉称"割肉",割肉要去乡(那时叫公社)所在集镇的肉站。肉站临街,室内的架子上倒挂着白条猪数扇,红白分明,油汪汪的,那可是吸引人的地方。不过,只有在过年的时候,父亲才领我到这里,割一些肉回家。那时我家也养猪,国家号召农民大养其猪,宣传说"猪儿浑身都是宝",父母更是把养猪看作是开设"银行",精心为之。抓养一只十五六斤重的猪崽,养一年便有一百多斤。一旦达到交售的标准,父亲便在某天的天刚蒙蒙亮时,领几个壮汉跳进猪圈捉猪,把它牢牢捆绑在平板车上,赶早送往乡收购站。一头猪换回来数十张票子,那便是瓶里的油、罐里的盐、我们的书包和课本。因此,我从来不敢奢望家里把猪养大了自己杀来吃。以后参加工作来到东北,常听东北人绘声绘色地讲杀年猪的情景,很令我羡慕不已。

乡下人把过年看得很重,操劳了一年,是该歇息一下,奢侈一下。因此,一到年关,家家户户便开始置办年货。父亲领我到集镇上买莲菜、芹菜、海带等菜蔬，香烛鞭炮等物品，而最重要的事情则是"割肉"。他在肉站的窗前排队，轮到自己时，便摸出身上略带体温的票子，告诉操刀者割两斤板油、五斤五花肉（肥瘦相间）、十多斤后鞧肉。操刀者手起刀落，将肉往秤上一约（称），把钱接过去，肉扔到了箩筐里。我帮父亲抬回了箩筐，也抬回了我幼年时的兴奋。父亲把箩筐挂到房梁坠下的钩子上，我抬头看见箩筐，便如同看见朝阳般灿烂。

腊月二十八或二十九，蒸过馍（过年时吃的馒头、菜包、豆包），炸过年糕、油条，五花肉剁成了饺子馅，父母便开始张罗煮肉了。煮肉在晚饭后进行，父亲分管煮肉的事宜，母亲则在堂屋的煤火台前用板油炸油。我在煮肉中乐颠颠地充当"伙头军"的角色，目睹煮肉的全过程。父亲把那十多斤后鞧肉洗净切成几大块放进铁锅里，倒一桶水进去，加花椒大料生姜，撒一大把盐块，便吩咐我加火烧煮。煮肉要用硬柴，那都是他做木工活儿剩下的边角余料，或是刨出的树根，很好烧。我拉动风箱，风一吹，炉膛里火旺旺的。这时，风箱在鸣唱，我的心也在鸣唱；锅里的水在蒸腾，我的思绪也在蒸腾。

肉煮熟了能切一块尝尝,是我当时最大的心愿。水咝咝响了,水哗啦哗啦地开了,水咕噜咕噜地翻滚,随着水蒸气的涌出,整个灶间都弥漫着煮肉的香味。炉火明灭,烟雾升腾,肉香飘浮,置身其间,我便有一种能天天煮肉天天吃肉的幻想。如果不是怕滚沸的肉汤烫手,我不敢保证我的手不去锅里撕下一块肉尝尝。

父亲忙碌别的事,约莫肉煮得差不多时,他便掀开锅盖,吹一口气朝锅里瞧瞧,然后用布满老茧的大手持一根筷子朝肉块扎去。扎不进,没熟;"吱"的一声将肉块扎透,便是熟了。当筷子将煮的肉块扎透时,我和哥哥姐姐妹妹最幸福的时刻便到来了。父亲选一块精肉捞出,在案板上切开,母亲倒酱油切葱花,我们便围着这一碗肉狼吞虎咽般吃开来。父母不吃,父母从来不吃,父母在我们吃时在一旁会心地微笑。我从小到大历经多次煮肉,脑海里竟没有父母吃肉的记忆。风卷残云地吃过煮肉,母亲便招呼我们吃她炸油剩下的油梭了,她把油梭子放在碟子里,撒一点盐末,虽说没有煮肉好吃,却别有风味,我们又是风卷残云。从幼年到成年,我的记忆中也从没有父母吃油梭子的记忆,他们只是在子女们高兴地吃时在一旁由衷地微笑。

在蒸腾的水汽中，我又看到了父母的微笑，真切，慈祥，洋溢着对子女的厚爱。但我知道，这是幻觉。父母已先后离开我们，他们的微笑在天国里。我长大了，参加工作了，挣的工资能让父母天天有肉吃，但是，我却再也实现不了让父母吃肉的愿望。在异国他乡的淋浴喷头下，在哗哗流水声中，我的泪水又一次顺流而下，分不清哪是浴水，哪是我的泪水。

忆参军

半夜里睡不着觉的时候,我爱把人生往事翻腾出来在脑海一幕一幕地放映。每当这时我总是惊叹:人生千步万步,关键的就是那么几步,踩上了,事遂人愿,踩不上,你的人生就是另一番安排,另一种模样。我的前半生也有那么关键几步,参军是其中之一。因为参了军,才确立了现在的人生走向。因此我对参军的情景记忆犹新,说起参军的往事如同述说昨天的故事。

我是1972年高中应届毕业那年冬天报名参军的。当时我是高二的学生,"文革"中搞"教育革命",缩短学制,初中高中均为两年,因此我上完高二便面临着高中毕业。此前,我曾经有过两次参加工作的机会。一次是公社(现为乡)挑选通讯员,要从高中选一个办事机灵、能说会写的学生充任,据说初选时是我。我听说后很是高兴一阵。虽说通讯员的工作无非是打水扫地、抄写收发，但每月二十多元工资，过两年还能转为国家干部，这令许多年轻人神往。后来我没去成，我的一个同学去了，传说因我家"没门子"被人顶替。这些实情我并不知晓，只是朦朦胧胧听说的。另一次是我二哥在铁路公安任上因公牺牲后，初定让我去接班当民警。当时我二嫂也想去参加工作，考虑到她以后再没机会，去了之后也有利于解决两个孩子的户口和今后的工作，全家便同意了。这次我又没有去成。父亲给我说这事，也算是征求意见，我说："我不去，让我嫂去！"而且我还暗下决心：高中毕业就回村务农，哪儿也不去了。就那么"脸朝黄土背朝天"一辈子，照顾年迈的父母、年幼的妹妹和二哥两个嗷嗷待哺的孩子，尽为人子、为人兄、为人叔的责任。因此接下来的学生生活很平淡，除了爱好写作希望稿子能在报纸上变为铅字外，再无别的奢望。只等高中毕业证书一到手，便扛着板凳回村务农去。

就在临近毕业时，学校传达了政府冬季征兵的命令，规定应届毕业生可以报名参军，有此意向者可回所在村报名，三天内报名截止。这一号召如同巨石投水，在我原本平静的心里掀起了波浪。夜晚，同学们都睡下了，我沿着黑灯瞎火的操场走了一圈又一圈，心里矛盾极了。

去？不去？心里一个劲儿地盘算，小北风嗖嗖地刮着也不觉冷。从心里说，我真的想去，自小就向往绿色的军营生活。我们村里先后几批人出去当兵，海军、陆军都有。还有一个在新疆当边防兵提了干，回来探家穿四个兜的干部服，一走路"嗵嗵"直响的大头皮鞋，嘀，那个神气！我的一个远房堂兄在山东长岛当水兵，还给我来了信，说什么"大海在欢唱，海鸥在飞翔"，让我羡慕得不得了！再说，当兵保卫祖国是每一个青年的职责，响应号召理所应当。但是，说去也难。难就难在家里眼前的境况。父亲已年过六十，母亲也五十多岁了，两位老人在二哥去世的打击下骤然苍老，白发日增，家中还有一个十四岁正在上学的妹妹，再就是二哥留下的一个三岁一个一岁的孩子。大哥在外地，大姐、二姐早已出嫁。算来算去，家中就剩下我这么一个男子汉，我拍拍屁股走了，家里谁来支撑？我还尽不尽一个男子汉对家庭应尽的责任？在忠与孝之间，在前途与责任之间，一个年方十七岁的高中生，实在是难以抉择啊。一直到东方的天空现出了鱼肚白，在操场转悠的我才有了"决策"：先报上名再说！

学校离村子三四里地远，报名截止的头一天下午，我骑车回村，直奔村支部书记家中。支书听说我要报名参军，说："中，中，我给你报公社。"又问，"你跟家里商量了吗？"我说："我因着急，先找你报名，这就回家给父母说去！"到了家，我向父母说不出口，因为心虚，连父母的眼睛都不敢看。他们对我不到星期天就回家来很奇怪。母亲关心地问："取馍吗？"父亲过来说："取面吗？"我急说："不取不取！"一头扎进自己的房间，撒谎说"取点东西"便出门骑车而去。

纸里终究包不住火。报名参军终非一件小事，又要政审，又要外调（那时参军对家庭成分和社会关系要求甚严），还要通知到县城体检，父母怎能不知道！但那时，我还认为父母不知道呢！周末回家我装着无事人一样，父母也不说啥。吃罢晚饭睡得早，也是心里有事，天不亮就醒了。我住的厢房紧邻父母住的正房，隔墙就是父母睡房的窗户，竟隐隐约约地听到了父母的对话。先是母亲嘤嘤的哭泣声，接着听她恨声说道："这孩子也太胆大，这么大个事也不跟家商量！"父亲半天没做声，过一会儿才说："孩子心里作难呢！""你愿意他去？"母亲问。"咱咋能不让孩子去呢！国家号召，也关系他的前程呢！人家的孩子想出还出不去，咱能把孩子霸在家里？

耽误孩子一辈子你不后悔？""他走了，家里可咋办，家里一个壮劳力都没有啊！"母亲说。"只要他自己愿意去，咱不拦他，家里有我顶着呢！希旺妈，你可不敢说那落后话，影响孩子的前程呢！"父亲说。母亲又哭了："我哪是不愿意他去！我是舍不得孩子啊，他才十七岁，身子骨单薄，又没出过远门呢！听说招收的是打山洞的工程兵。老二希成没命，去世了，希安再有个三长两短，咱俩可咋活啊！"父亲没声了，似乎也在流泪。听到这里，我哭了，怕哭出声，用嘴死死地咬住被角。

第二天早饭后，父亲沉静地问我："听说你报名参军去？""是，我想去试试。"我声音不大。父亲声音却提高了："这么大个事，也不跟家里商量！你要干的是正经事，我和你妈能不支持？""爸、妈，我也是拿不定主意，不好给你们说呢！我就是想报名去试试，也许验不上呢。验上呢，就去；验不上呢，就不去。去不去，我听从爸妈的决断。"我说的是实话。父亲很干脆地说："去不去，你自个儿拿主意，这关系你的前程。你要去，我和你妈不拖你后腿！"好父亲啊，这是表态性发言呢！母亲没说啥，一边洗碗，一边站在锅灶旁抹眼泪。

我家几代贫农，亲戚家亦都如此，大哥二哥都先后入了党，参军政审关顺利通过。虽然报了名，但我心里仍犹豫不定，身体检查便成了关键的关口。我给父亲说"验上呢就去，验不上就不去"，心里是偏重想去的，但又不忍割舍父母，如果验不上去不成，也不特别的遗憾。我就是在这种矛盾心态下去县城参加体检的。参加体检的人各种心态都有。有怕验上的，故意说自己有多种疾病。有怕验不上的，担心身高不够，量时往上踮脚；担心血压高，量血压前急忙喝几口醋。我没有这些负担，身体又精干结实，103斤的体重，1.68米高的个头（差两厘米就1.70米，因此没当上去北京8341部队的特种兵），关关都顺利通过了。最后一关时，一个带兵的人拍着我脑袋说："小伙子，身体不错，准备接入伍通知书吧！"结果，我们村四个人体检验上了三个。

从县城骑车回村的路上，我心里又兴奋又沉重，反复想着："我这一去，家里怎么办？父母怎么办？但验上了不去，不就成逃兵了吗？"想得过多，以至于进了村口也没觉察，车把竟没拐弯，直冲路旁一个两米见方的井口而去。"咔嚓"，车倒在井台上，我趴在井沿边，差点掉进井里去。我"妈呀"一声双手紧扒井口，侧身翻下井台，才避免了一场大祸（至今想起来仍然后怕。前些年回老家,看到这口井已被填平,上面长着绿油油的麦苗)。当时月色初起,四下无人,我磕绊着爬起来,揉揉膝盖,没坏,转转胳膊,没掉,摸摸耳朵、鼻子,也都在位,这才放了心(若是真掉进去,别说参军,命也没了呀。所幸天不灭我)。害怕父母担心,我跌坐井口的事只字没提,他们也没发觉。只是问我验兵验得如何,验上没有。我不能再骗父母了,满有把握地说:"看来是验上了,人家让我等接通知书呢!"父母似乎早有思想准备,没有任何惊讶。父亲郑重地说:"我和你妈商量了,验上就去!自古道'忠孝不能两全',你替国家尽忠吧,不要惦念家里!"这晚天上的月光格外明亮,我仰望天空,倍感圆月的温柔、慈祥和胸襟博大,迟迟没有低头。我怕低下头来两汪热泪夺眶而出呀!

身体验上了,父母也已明确表示支持我去,带兵的干部也见过我,他们看了我写的东西,知道我肚里有"墨水",愿意带我走。看来,当兵的事是"板上钉钉"了。没承想好事多磨,村里有的人不知出于什么动机,揭发我虚报了年龄。现在从实招来,我当时真的是虚报了一岁。因为我生于1955年3月,属羊,当年实岁十七岁,虚岁十八岁,规定是年满十八岁。我报的是1954年

3月生，属马，正好十八岁。这样报也有我的"根据"，因为父亲当年为了让我提前上小学，给我报名时增大了一岁，户口本也相应改过。这样，从户口本上看当兵的年龄够了，实际却不够。但那时我不能"实话实说"，实话实说，当兵的事不就泡汤了吗！既然有人揭发，就得调查核实。虽说年龄不够踊跃参军是爱国行为，但毕竟是弄虚作假啊，查出来那还有好！为此，带兵部队、公社人武部也都来了人。他们先到村里几个有和我年龄相仿的成员的人家去调查，结果其说不一，也没查出个结果。最后来到我家。我们已事先得到来家调查的消息，大姐怕母亲临时反悔，说出我年龄不够不让我去的话，一再叮咛："妈，你可不能说小安年龄不够啊！"妈开始没吭声，后急了，瞪她一眼："我是憨子吗？"父亲显得很沉着，威严地扫家里人一眼："谁也别多说话，有我和你妈呢！"调查组的人来了，其中还有一个是我高中的政治课老师，名叫崔得海，平时对我很关心，他是临时被公社抽去帮助做征兵工作的。一行人坐定，带队的人开门见山，说"我们要核实一下希安的真实年龄"，说完开始询问我的父亲。父亲胸有成竹不慌不忙地说："希安是1954年生的，属马，就是咱们这里闹入社那一年生的，同年生的本村有小社、小香等，不信你们去打听。"话不多，有根有据有板有眼。带兵的人转向我母亲："大娘，你说说。"母亲捋一捋头发说："他爸说的是呢，俺家的孩子俺不知道年龄？别听别人瞎嚷嚷，孩子是从我肚里生出来的，我最有发言权！"母亲一席话把众人"轰"的一声说笑了，气氛登时活跃起来。记得那天来调查的同志很和蔼，还在我家吃了午饭呢！

　　1972年12月17日，我正式接到入伍通知书，换上了崭新的军装。要求21日到县城报到，穿上军装到离家只有三天时间，我是多么想利用这几天时间多在家待会儿，多在父母身边待会儿啊！但母亲是个礼数周全的人，她给我准备好礼品，一定让我去各亲戚家探望。她说："你一走好几年呢！离家几千里，离家前再去看一眼你外婆、舅姨和姑姑们吧！"我那几天忙着串亲戚，也抽空到母校去了一趟。我和再有一个月就要离校的同学们紧紧握手，拆开几包烟分送大家抽。同学们说了不少"在部队立功""多来信联系"之类的话，还送了不少写有火热赠言的笔记本，自有一番惜别之情。

　　临离家头天晚上，大哥、大姐、二姐都来了。大姐送来了母亲让她给我缝制的家织布衬衣衬裤，还有一个绣有"自力更生"四个字的枕套。年过七十岁的大姨,踮着小脚,打着小玻璃灯笼摸黑走了一里多地,送来十个煮熟的鸡蛋。全家围坐在一起有说不尽的话语。父亲一遍一遍地交代我在外要注意的事项。白天他已找过和我一起当兵的同伴、年长我五岁的我的一位同族"叔叔",用央求的口吻说:"小安小呢,没出过远门,他妈不放心,你在外要多关照他,我把孩子托付给你了。"现在,他仍不放心,反复给我传授他过去出门的生活经验。母亲一句话也不说,只是坐在那里啜泣,大姐二姐不停地安慰她。

时间过得好快,转眼便是第二天清晨。刚吃完母亲给我煮的送行饺子,村子里欢送参军的锣鼓就响起来了。依依不舍的亲人、依依不舍的乡邻,簇拥着把我送到村东口的公路旁。母亲没到村口送我,她坚持要来,我坚决不让,我怕痛苦的别离再度引发她的伤感。她站在堂屋给我送行,只见她那驼色头巾一闪,我泪眼模糊,便什么也看不见了。

那时村里没有汽车,也没有拖拉机,是村支书骑着自行车送我到公社人武部报到的。毕竟自行车要快一些,当我们赶到了公社,步行而来的父亲、大哥还在路上。得到我们新兵已在公社集合提前向县城出发的消息,正在途中的父亲急了，六十多岁的他横穿麦田，一路抄近路小跑，满脸淌汗气喘吁吁地追赶上我们的队伍，急切地从内衣口袋里掏出一卷钱，拉着我的手说："给，这些钱你带上，缺啥了就买！"望着脸上皱纹密布、满头蒸腾热气的父亲，望着勤劳坚强、辛苦一生的父亲，我的眼泪又一次模糊了视线。

1972年12月21日，天空飘洒着碎银似的雪花，我们乘坐汽车从温县县城出发，到就近的火车站换乘军列，火车轰轰隆隆地向南奔贵州而去，我从此开始了长达十年的军旅生涯。参军确实是我人生的关键一步。我在部队入了党，提了干，还被推荐上了大学，走上了文学创作道路，为我一生的发展奠定了基础。但这关键的一步，是父母支持、帮助我踏上的。没有父母的支持，我便没有这一步；而没有这一步，其他步都不可设想。因此我能有今天，混得还算像模像样，我终生都要感激我的父母！而我的父母为了我这一步却付出了沉重的代价，他们终因操劳过度，过早离开了人世。家庭负担过于沉重，全靠父母的肩头去扛，他们是累死的啊！每念及此，我都深深地内疚，为自己的"自私"而内疚，为没尽到一个男子汉对家庭对父母应尽的责任而内疚。

― 仁义的木匠 ―

我的父亲去世已经二十四年了。我对他的思念没有因岁月的流逝而减弱,反而与时俱增。今年清明前夕,我特地把父亲仅有的一张半身照翻拍放大,换下大镜框中父亲的那张画像。因为照片更直观、更真实、更亲切,更能让我回想起父亲的美好品行和件件往事。

我的家乡地处河南西北部平原,村庄离黄河仅十数里之遥。祖祖辈辈在黄河泥沙冲积的大地上耕种、繁衍、生息,父亲是他们当中的一员。他勤劳、正直、刚强、坚毅,但最让我敬佩、最让乡亲们敬重的则是他的"仁义"。中原农民淳朴善良性格的传承、古代戏曲中典范人物的影响、儒家仁爱思想的熏陶(父亲幼时读过私塾)汇聚成的这一品行体现在父亲身上。他不仅取字"相义"自励,而且时时身体力行。

父亲幼年家贫,六岁时便失去了母亲,和我的爷爷、伯父、姑姑一起过着饥寒交迫的生活。爷爷撒手西去时，留下的唯一遗产是一处宅院和几间旧房。1942年河南发生严重饥荒，300万人饿死，300万人逃荒。我伯父一家也随逃难的人流落到了陕西武功，并在那里安家落户。家乡解放后，父亲几次西去陕西，最终把伯父、伯母和我的堂哥堂姐们接了回来。他把祖传的老宅整修一新，让伯父一家居住，而自己则"净身出户"，和我的母亲带几个孩子借住在别人家里。伯父去世后，伯母多病，父亲又把照顾伯父一家的重担挑了起来。婚丧嫁娶、修房造屋、春种秋收、迎来送往，父亲都想得周周到到，打理得井井有条，比对自己家的事还要上心，街坊邻居都交口称赞。

父亲虽是农民，但从小学艺，有一手盖房造屋的木匠手艺。他活路纯熟，技艺精到，手法快捷，是有名的能工巧匠。方圆数十里的乡亲们慕名而来，他总是有求必应。他常说：农家盖房不容易，攒了一辈子就为这么一件事，我们伸伸手，能帮衬一把就帮衬一把。不管多忙多累，不管工钱多少和能否按时给付，他都一口应承，从不推辞。无论路途远近，他全靠步行，背着家什，天亮即到，摸黑夜归。做活期间，从不讲究吃食，粗茶淡饭即可。每一道工序都认真细致，从不马虎敷衍和偷奸耍滑。按照习俗，家乡造新屋要把土木工程师的名字刻在梁檩上，作为"历史的记录"。父亲的名字刻到了家乡成千上万栋房屋的梁檩上，也刻在了成千上万农民兄弟的心上。

父亲是七十五岁去世的。那一年他还在给乡亲盖房。我劝父亲别干了。父亲说：都是乡里乡亲的，不好推辞啊。春节后我离家返长春时，父亲从一家农户几丈高的房脊上顺梯而下送我。我又一次劝他，他笑笑不语。后来我听说，父亲病倒卧床的前一天，两眼已经视线模糊，还摸索着走到别人家帮工。父亲去世后，那家人到父亲灵前长跪不起，数千乡亲为父亲送葬。我知道，这是父亲仁义德行得到的回报。

父亲节追忆

今天（2017年6月18日）是父亲节。周日，在家休息。上午10时许下楼散步，见小区外快递员堆了一地要送的东西。问之，才知道今天是父亲节。人们在忙着给父亲送礼物，我呢？我的父亲已经去世三十八年了。去世那年他七十五岁，如果活着，今年该是一百一十三岁高龄了。散步中想起父亲，在一圈又一圈的散步中，父亲模糊的影像逐渐清晰起来，我记忆深刻的父亲身上的往事也一件一件在大脑闪现、回放。当眼角涌上潮意，将有泪水涌出时，我赶回家中，伏在案头写下这些纪念父亲的文字。

父亲出身贫苦，做了一辈子农民，兼有泥木手艺，读过几年私塾，粗通文墨。虽然从没担任过什么行政职务，也不是党员和积极分子，但在平民百姓中很有威信，是村中一个有影响力的人物。这些威信和影响力是用一件件让乡亲们信服的事情堆积而成的。我这里仅讲述我自己记忆深刻的两件小事。

过去时代的人，一般都有名有字。父亲名春茂，字相义，不仅"义"在字中，更体现在行动上。父亲凡事"义"字当先，是个宅心仁厚之人。父亲精通泥木手艺，常带一帮泥瓦匠人为乡亲们造房盖屋。在河南农村，盖房是一件大事，也是一件极不容易的事情。一家几代人省吃俭用、口挪肚攒，才积够盖一座房的费用。盖一座房，是家里几辈人的荣耀，用以遮风挡雨，更为子孙繁衍创造生活条件。儿时记忆中，常有我们村方圆几十里的乡亲们来请父亲去盖房，许多房屋房檩下的杆杆上都有父亲监造的文字记载。不管远近，不论认识与否，父亲对前来求助的乡亲都一视同仁。给钱多也去，给钱少也去，给现钱也去，盖好房再给也去。只要应下的事，就是板上钉钉；只要开工的活，就是风雨无阻。尤其考虑盖房人家的难处，在饭菜上决不挑拣，给干吃干，给稀吃稀。有一年，父亲领几个泥瓦匠人，在我们村西北的南镇村给一户人家盖房。劳累了一天，几个匠人在昏暗的油灯下美美地吃着饭食。主家体谅匠人的辛苦，让儿媳妇在玉米糊糊中下了面条，算是改善生活。父亲埋头吃了一会儿，端着碗向门外大街上走去，看四处无人，便把碗中吃剩下的饭倒在一个猪圈的猪食槽中。原来他在吃饭时咬到了一块硬东西，用筷子一挑，竟是一只童鞋。不知什么原因，也许是大人做饭时抱孩子搅锅，把鞋掉进锅里，又盛到碗里了。父亲没有声张，在街上站了一会儿才回去。等匠人们吃完饭，父亲回到家让我母亲给他做饭吃，母亲问父亲为何在盖房人家中没吃饱时，他才说了此事。父亲说："庄户人家盖房不容易。我多说一句话，好端端的一锅饭就会浪费掉。婆媳之间还会为这件事闹矛盾，日子怎么过？"父亲说这些话时，我在村校教书的小妹就在旁边。前年妹夫、妹妹到北京来看我，在一起忆旧，我才知道这件事。我也通过这件小事，更加了解了我的父亲。

还有一件事，是我亲见目睹的。我的家乡是小麦产区，人民公社化后，长期集体生产集体收割。每年夏季，每个生产队都有个打麦场，从开始收麦到颗粒归仓，都由村民选出的"场长"负责。这个场长，必是大家信得过的人。父亲年年麦收时都被推选为场长，他尽职尽责，处事公平，脏活累活冲在前头。每天都是第一个到岗，最后一个离开。打麦场离我们家有一里多地，中午回家吃饭时,正值烈日暴晒,父亲却赤膊光着脚来回走路。我尝试光脚走过一回,被阳光照射的路面烫得难受,便不解地问父亲为啥光脚来回。父亲说:"如穿鞋回家,就有可能把麦粒从鞋壳里带回家;即便鞋壳中没有,也会受到人家怀疑。做人要清清白白,不该咱要的一颗一粒、一分一厘也不能拿、不能要。"父亲的一席话,使我明白他在烈日暴晒下赤着膊光脚回家的原因,也使他的形象在我眼前高大起来。无独有偶,我在给一个离我家乡不远、年龄相仿的河南老乡讲起这件事时,他告诉我,他爷爷在给生产队看瓜时,除了大伙分的,他没有吃过爷爷给过的一个瓜,连一个烂了要扔的瓜都没有。每天给爷爷送饭,都是提着瓦罐去。往家走时,爷爷让他把瓦罐倒扣起来拿着回家。这样做,也是不让人怀疑从罐中带瓜回家。"清清白白做人",他们身为农民,牢记并践行着这一信条。父亲正是承继了乡亲们这些优良传统,把一个大写的人字立在了天地之间。

方　桶

你见过方的水桶吗？噢，没见过。我见过，只有一次。而且是在梦中，看见方桶，我一时间泪流满面。

我必须特别交代，我父亲是一个乡村木匠。我的父亲最擅长盖房架屋，为乡亲们建造一间间遮风避雨盛满温馨的房子。他还擅长细木作，对农村中箍桶之类驾轻就熟。"文化大革命"中，盛行"割资本主义尾巴"，我父亲不能外出盖房，只能按照村干部指派，领一帮人在大队部箍木桶，箍好一只只木桶，供各生产队使用，也可以出售，售后赚的钱作为村里的副业收入。我那时十多岁年纪，去给父亲送过饭，也因为有事或亲友来去找父亲。每次去，都看见父亲在认真箍桶。一只木桶有三只铁箍，按照铁箍的大小，把长短一致的木板按圆形拼合在一起，桶底自然是圆的，箍桶的技术关键在各块竖板和桶底的结合部。要让木板之间严丝合缝滴水不漏谈何容易！但我父亲就能做到。我家的木水桶就是我父亲箍的，一对两只，从来就没有漏过。我父亲就是按家用标准履行职责，使队里箍桶的副业红红火火地开展起来。

由于受父亲的影响，我对木作也有兴趣，但对"箍桶"不感冒，不喜欢那种圆乎乎的东西，而是喜欢做方形的箱子、座椅等东西，对方形东西的固定，我也想了一些办法。木作方形器具零件的咬合，最好是榫卯结构，我父亲擅长这个，但我不会，学了很长时间，笨手笨脚也没学会，不是榫大小不合适，就是眼不适当，或打穿了，始终不得要领，一直到参军入伍离开农村，也没学会这项技术。这竟成了我的遗憾，也成了我梦见父亲的原因。

俗话说，每逢佳节倍思亲。也许是年纪渐长，爱回忆往事，今年春节期间，我梦中每每有父母的影像。元宵节凌晨，我又做了一个梦，梦见我在做一个方形的箱盖，方形的四边怎么也固定不住，一弄就散架，急得满头大汗。突然灵机一动，何不在边角镶上连接的铁条，像钯钉一样把四角之间固定住？于是我就想方设法，设计了一种固定边角的钯钉。当然，这一切都是在梦中完成的。接下来的梦境是：我需要一个器物来进行试验，正盼望间，父亲送来一只圆圆的木桶，就像他在生产队

在梦中做方桶的父亲

接下来的梦境是:我需要一个器物来进行试验,正盼望间,父亲送来一只圆圆的木桶,就像他在生产队箍的那种,说:"你试试这个。"我一听很生气,顺口说:"这圆咕隆咚的怎么能行?"父亲一声不吱,转头走了。我正在烦闷,母亲来了,她瞅着我说:"你爸让我把这个桶拿给你。"

箍的那种，说："你试试这个。"我一听很生气，顺口说："这圆咕隆咚的怎么能行？"父亲一声不吱，转头走了。我正在烦闷，母亲来了，她瞅着我说："你爸让我把这个桶拿给你"。我一看，是一只方桶，从来没见过的方桶，大部已经做好，只差四个角没有固定。我内心欢喜，接过来把自己设计的钯钉安上，噫，严丝合缝。回头再看母亲时，母亲已不知去向。此时，我从梦中醒来，泪水已经喷涌而出，打湿了枕巾。

可怜天下父母心！为了儿女，他们什么苦都能吃，什么委屈都能忍受。为了儿女的成长进步，为了儿女的兴趣爱好，使儿女的梦想成为现实，他们什么都能付出。在我的印象中，父亲一辈子没做过一只方桶，但为了儿子的试验，他竟然做了一只方桶，让母亲给我送来。虽然这是一个梦，但梦是现实生活的映照呀。回想我的成长历程，哪一步不是得到父母的呵护，甚至是他们的迁就？我小时候爱读书，尤其爱看长篇小说，在20世纪60年代，凡是能找到的小说，如《创业史》《红旗谱》《林海雪原》《青春之歌》等，但凡"十七年"期间出版的革命题材的小说，我都读过。在农村，要读这些书，是要占大量时间的。一有空闲，或夜深人静，我就钻到屋子里就着油灯读这些书。我的鼻孔常常是黑的,眉毛也被灯火烧燎过,为此,我用去了家中大量的灯油。更为重要的是,我很多时间不干农活,迷恋在书本之中。家中活多,父母一天累得脚不沾地,哥姐们也极为辛苦。但父母从不呵斥我,想方设法给我创造条件。一次,我在厨房烧火做饭,一边拉风箱,一边看书,不知何时火从灶门中蹿出,差点酿成火灾,父母亲也没有埋怨我。不只是对我,对我二哥也是这样。我二哥是个有作为的农村青年,喜欢农业机械和电器。那时,村里刚架电线,还没有一家把电灯引回家。我二哥自学了有关知识。一次,我父母让我二哥去公社收购站卖一只肥猪,得款五十六元,结果他一分钱也没有交到家里,自作主张去县城买了电线、灯泡等零器件,自己给家里装上了电灯。父母心中虽不满他事先不请示,但啥也没说,还跟我说我哥干的是正事。结果我二哥一发不可收,帮村里一些人家装了电灯,还安上了村里第一个电动小钢磨,成为一名有作为的农村干部。

岂止是满足孩子的需要,顺应他们的兴趣,更为重要的是,在孩子们前途选择上也予以尊重,默默地做出牺牲,许多家长都如此,我父母也是这样。1954年,我大哥考上温县一中,当时家中极其困难。父亲说:"人家孩子想上上不了，考上就上，再困难也要让孩子上学！"因而我大哥读到初中毕业并顺利地参加了工作。1970年，新乡铁路分局到我们县招工，公社抽调我二哥去帮助做政审工作。由于年纪偏大，又已结婚，二哥并不在招工之列。但在招工将要结束时，来招工的领导提出让我二哥去新乡铁路分局当铁路民警。征求我父母意见，在家里只有我二哥一个壮劳力的情况下，父母二话没说，支持二哥走上了工作岗位。1972年冬季征兵，因为当铁路民警的二哥因公牺牲，我去不去应征？在犹豫之际，父母及时表态，让我去应征当兵，而他们却以年迈之躯撑起了一个没有壮劳力的家……

由梦中的方桶想到这一切，我怎能不感慨万千？这岂止是我的梦，我的联想，我的父母对我们兄弟的呵护？哪一个家庭没有这样的事例，哪一个父母不在为孩子们做出牺牲？谁言寸草心，报得三春晖。别说回报，能理解父母之心、不伤害他们，儿女们就算做得不错了。在现实中，在梦中，我都有太多的愧疚。我发自内心地劝告儿女们要理解父母、孝敬父母。可以说，我们活在世上，父母是对我们最好的人，是为了儿女付出而不求回报的人。

愿我这只"方桶"，能给人们一点儿小小的启示。

梦见俺娘

清晨快要醒时,做了一个梦,梦见俺娘了。虽在梦中,却分外清亮。娘在院子里坐着洗衣服,我不小心弄洒了一盆水,溅湿了娘的鞋子。娘没有埋怨我,抬脸笑笑,继续洗正在洗的衣服。

俺娘去世快二十年了,我常常梦见她。每次梦见她,她都在忙碌,从来没有闲的时候。我想这是因为娘活着的时候,我从来就没有见她闲过。娘是一个普通的农村妇女,当了一辈子农民。除了和男子一样在大田劳作,春种秋收,夏锄冬藏之外,还要忙乎家里的里里外外,洗衣做饭,喂鸡养猪,打整全家八口人的吃穿。为了让我们兄妹六人平日里能衣帽整齐地站在人前面,能在过节时穿上新衣服,娘还要付出更多的辛劳。不管白天多么忙累,都要在油灯下纺线到深夜。父亲劳累一天在躺椅上睡着了,我和妹妹写完作业也睡觉了。在如豆的灯光下,娘摇转纺车,"嗡嗡嗡"地一圈又一圈,一锭纺成又接一锭,她是自定有指标的,不达到数目决不睡觉。夜复一夜,年复一年,我就是在娘纺线的"嗡嗡嗡"声中入眠的。逢到下雨天,那是农人少有的歇息日子,娘却从来没有歇息过。这时是她织布的时光。窗外细雨如线或暴雨哗哗,都不会妨碍娘手中织布梭的穿行,风声、雨声、织布声交织在一起,一天响到晚,这就是娘的交响曲。在"咔嗒咔嗒"声中,娘织完一匹又一匹,经过浆洗裁缝,成了我们的被褥和衣裤鞋袜。那时家穷,买不起洋布,我们兄弟姐妹是穿着娘织的土布做的衣服长大成人的。为了我们,为了全家,娘从未歇过,累弯了腰,累驼了背,从无怨言,从不后悔,做出了能做出的牺牲。娘穿的衣服补了又补,很少穿新衣服,吃饭吃最后 碗,剩饭都是自己吃。娘受了一辈子苦,遭了一辈子罪,没得过一天空闲,没享过一天清福。这就是俺娘,俺现实生活中的娘,俺梦中的娘!

俗话说,滴水之恩,当以涌泉相报。俺娘对俺是涌泉之恩啊,何以报之?以何报之?谁言寸草心,报得三春晖,我是深有体会的了。我从娘哺育我的农村走来,到了城市,上了大学,当了国家干部,可我为娘做了什么呢？离开家几十年不在娘的身边，除了过节寄几个钱，偶尔回家探望外，很少关心娘，也没能替娘分担劳苦。那年秋天，我去广西桂林出差，听说当地产的罗汉果能治气管炎，便买了一网兜，让朋友的朋友给娘带去，以为会对治娘支气管炎有点儿帮助。哪想到冬天娘逝去后，这罗汉果才捎到，而且是我刚赶到家为娘办丧事的时候。我把罗汉果摆在娘灵床前，算是尽了一点儿迟到的孝心。想想真的是惭愧啊！为了抒发自己的哀痛，也为了告诫人们趁父母健在早日尽孝，我写了《罗汉果感赋》这首诗。诗中写道："何不亲送果，何不陪娘乐？一日复一日，自谓来日多。内心愧疚甚，面对罗汉果。罗汉果不语，引我细思索。岁月如穿梭，行孝莫蹉跎。早送'罗汉果'，莫教泪空落。"此时，默念着诗句，我想起了娘，想到梦中忙碌的娘，又一次泪流满面。

晚摘的石榴

国庆节休假期间,有友来访,带来数只石榴。只只饱满,大如双手握拳,皮坚如石,微黄中透着红晕,犹如美女脸上轻敷一层薄粉。今年九月初到郑州开会,我在火车站附近的水果摊上见有这样的石榴出售,大约十多元钱一斤。原想买一些带回长春,结果因为行前匆忙而未能如愿。友人圆了我一个石榴梦,怎能不让人欣喜呢!

在众多果物中,我对石榴情有独钟,是因为它寄托着我的情思。只要一看见它,我就想起了故乡,想起了已长眠于地下的老母亲。在家乡河南,我们那一带是时兴栽种石榴树的。数量不大,但每家必有一棵。一般栽种在迎门的庭院里。为什么如此,我没有深究,大概是栽种着每户农家的期冀:盼自己的日子过得红红火火。我家庭院里那棵石榴树,打我记事起就有。每年春风送暖时绿上枝头,夏天榴花盛开,朱英灿烂,耀眼夺目,火红欲燃。朱熹老夫子就曾有《题榴花》诗句:"五月榴花照眼明,枝间时见子初成。"榴子结于花瓣之下,不见其增,日见其长,几个月过去,抬头望去已是满眼果实了。石榴籽可食用,甘甜多汁。按家乡旧时习俗,结婚是必送石榴的,它象征着多子多福。因为石榴外皮坚硬,封闭好,保存期可长达一年之久。儿时我常食用此果,也按照大人的吩咐,把它们分送给亲友品尝。我十七岁当兵离家之后,才远离了家中那棵石榴树,也再没有见到它那满树花开、满树挂果的繁茂景象。不过,家中的石榴还是每年都能吃到的,慈爱的老母亲特意给我留着它,精心地摘取,小心翼翼地保存,当我回家时,她便从收藏的地方拿出来,颤巍巍地递给我:递给我的是石榴,也是一颗思儿之心。

当兵服役期满以后,我几乎每年都回故乡一趟。后来转业到长春工作,一年也要回去看望一次母亲(父亲在我转业前去世)。母亲年年盼我回家,她时常站在庭院里手扶石榴树看着门外,或出门走到村口向大路眺望,也总是给我保存几颗自家石榴树上结的石榴。每年深秋,我家石榴树枝头上都挂着三四只最大的果实,那时秋风已将绿叶扫尽，果实悬挂枝头便格外醒目。迟迟不摘，是因为母亲期望我提前回家时能摘下便吃，也是考虑晚摘可以保存更长一些时间，不至于在我回家之前坏掉。妹妹说："那几只石榴是妈的心肝宝贝，谁也不让吃，单给你留着呢！"每当我从母亲手中接过那石榴，便接过一份温暖、一份慈爱。此景依然在目，然而母亲已病逝近三年了。秋风又起，面对着友人送来的石榴，我潸然泪下："慈爱的母亲再不能留石榴给我吃了。"

掰开一只友人送来的石榴，一粒一粒地慢慢品尝，思绪也一点一点展开，想起一件件沐浴在母爱中的往事，泪水又一次充盈了眼眶。

窗 前

吃过早餐，儿子晃悠着一米七八的大个子，一手抓饭盒，一手提书包，出门上学去了。"哐"的一声门关上之后，妻子便来到了窗前。夏天是可以开窗的，头能伸出窗外；秋冬则不行，为了御寒，东北深秋和冬天的窗户必须紧闭。妻用纸把窗户玻璃擦了擦，又哈一口气，用手掌擦净，把脸紧贴在窗户玻璃上向下望去。这一扇窗户面对车棚，她可以看见儿子从棚里推自行车出来，然后骑车而去。当看见儿子骑着车从楼角拐弯，人影从视线里消失，妻才离开窗前。记不得从什么时间开始的，妻天天如此，如每天必有的"新闻联播"一样。我对妻子说："何必呢？有什么用呢？"妻笑笑不语，仍天天如常。我把妻的举动说给儿子听，儿子并没有"好感动好感动"的惊叹，似乎没受什么触动，反正是没做出反应。我想，这也许是他自小得到的母爱太多，这件小事并不值得惊奇，在蜜罐里长大的他已不识糖的滋味；也许是他在潜意识里觉得未来的路很长，有着享用不尽的丰富的母爱资源。总之，他没被感动，而受到感动的却是开始不以为然，甚至觉得妻子的举动有些可笑的我。我人届中年，有了较为丰富的人生体验，在失却母爱后倍感母爱的珍贵。我由此想到了我的母亲，想起了我所享受到的那温馨的母爱，桩桩件件往事都清晰地浮现在脑际。

也是十六岁上，也是上高一，我在离家三四里地的一所学校读书，并在校寄宿。寄宿就要在学校吃饭，就要按时向伙房交米、面。为了节省，吃的馒头、饼都是从家里带来。我每次回家取米、面或者取干粮返回学校时，母亲都要站在村口相送。我家紧靠村西头，我出门向北，路过场院再向北，再向东折奔向大路。从村口到折向大路，约有一里地之遥。母亲就站在村头，一直等看不到我的背影再转身走回家去。当时生活困难，很少能吃到白面馒头，为了我能在学校吃好，家里有好吃的便尽让我带。即便是粗粮，母亲也精细加工。为了给我准备干粮，她成宿地在炉台旁站立，把圆圆的炉具扣在煤火口上，一炉子一炉子地烙火烧，一炉子一炉子地烤红薯（我们家乡叫炉红薯）。那火烧外酥里虚，掰开来

/051

焦黄焦黄；那烤红薯外焦里嫩，尝一口喷香喷香。母亲只要知道我回家，无论多晚都要等门。听见我走进院子的脚步声，她悬着的那颗心才放下来。我当兵走那天，家里人怕母亲太伤心，没让她到村口送我。她颤巍巍地走到堂屋的门槛边，流着两行热泪，挥舞着常戴的驼色头巾给我送别。以后我多次探家，也都坚持不让母亲出门送我，怕别离勾起她太多的伤感。但是我心里清楚，"儿行千里母担忧"，自打别离，她又要多少次到路口远眺，盼我早日归来。春去秋来，母亲思念我，头上又添了几许白发。一旦等到我归来，母亲从里到外都透露出欢喜。"上车饺子下车面"，这是河南的规矩。母亲把擀面杖在案板上擀得咚咚直响，给我做她最拿手的酸面叶。用葱丝、香菜、醋、姜蓉、酱油、盐调合成酸汤，把手擀的宽面捞入其中。这讲究面要擀得好，筋道；汤要调得好，香酸可口。我爱吃母亲做的酸面叶。看见儿子手捧蓝瓷大碗，"扑喽扑喽"吃得满头冒汗，母亲笑容满面。以后她得了病手脚不便，等我进门时，便急急地催我妹妹："快，快给你哥做酸面叶。"我来家探亲的日子里，卧病的母亲也处处惦着。每当我外出应酬，她总叮咛："安，少喝点酒。"只要我外出未归，母亲躺在床上也不入睡，听到门外有汽车响动，她便招呼家里人："快，去给小安开门"……

从母亲身上，我体会到母爱是伟大的，又是细微的。"润物细无声"，母爱的这种特性使得人们常常忽略她。她的爱并不轰轰烈烈，显得平淡无奇，蕴藏在件件小事中，因而得不到聚焦和特别关注。而且，母爱的伟大之处还在于，谁也不会去向孩子表白为他做了什么，相反，却认为这是应该应分。母爱是一种单向投放的无私奉献，因此持久而热烈。只是我们这些做儿女的往往"身在福中不知福"，而当发现这种幸福珍贵去寻找时却已无影踪。何须埋怨儿子对他母亲窗前的眺望无动于衷呢？我当年不是也对母亲站在村口遥望我的背影不理解，窃认为这是多此一举吗？不是也忽略淡忘了桩桩件件母爱吗？不是也认为母亲为我做的那些事都平平常常，当时并没有在心灵引起震颤吗？当我发现母爱的伟大，并在心灵上受到震颤时，我却已失去了母爱。母亲已长眠地下，再也不会站在村口目送我，再也不能给我做酸面叶吃，也再不能向我挥动她那驼色的头巾了。我只能回忆一桩桩往事，泪流满面也无济于事了。诚如一位哲人所言：失去的东西才知珍贵，但醒悟后为时已晚。

妻子又一次站在窗前,她把脸贴在玻璃上向外眺望儿子的身影。我想,站在窗前的母亲何止我妻子一人!又有多少母亲站在窗前、村头、路口、车站、码头、机场送别和迎归自己的儿女呢?

祭二哥

今天，是2021年10月25日，五十年前的1971年的今天，是我的二哥樊希成因公殉职的日子。每想到这个日子，我都心如刀割，心情十分悲伤。在二哥去世五十年的忌日，我更是悲痛万分，忍痛写下下列文字，表达我内心的怀念之情。

五十年前的今天之前些天，身为新乡铁路公安处晋北车站派出所民警的二哥，被派往离晋北数十公里的北板桥车站执行驻站任务。这个车站过去经常发生货物失窃等案件，所里派我二哥一个人值守破案。他住在车站提供的一间小房子里，这里既是值班室，又是睡觉的地方，除了在站上巡查，就是在这里处理公务。不幸发生在他去世的前一天晚上，因为天气渐冷，站上给提供了烧煤的炉子，用来生火取暖。他白天去晋北派出所开会，晚上回站上巡查后，和衣在床，枪不离身，手拿一张报纸看，也许是过于劳累，也许是煤烟过重，门又插死，他煤气中毒昏了过去。第二天早上，站上人发现他没去吃早饭，就派人来叫，叫不应，就把门撞开，发现我二哥和衣在床，身上落着一张报纸，已经昏迷，急忙找人来抢救，已难奏效，连忙送到晋城矿务局医院抢救，终因煤气中毒时间过长，没抢救过来，与世长辞。

当天下午，晋北派出所即和我在焦作矿院工作的大哥樊希旺联系，告知我二哥因煤气中毒正在抢救，让他速去。大哥急忙前往。第二天，记得是下午时分，因为我在读的高中放秋假，我和父母在生产队北地大田里干活，村党支部书记王益民（我大哥小学同学）来找我父母，说晋城来电话，希成有病住院了，让家里父母抓紧过去。我父母知道情况不好，马上回家，由我和王益民一人骑一辆自行车，把他们送到郭村长途汽车站点，看两位老人挤上长途客车而去，他们还要中途转车，才能到晋城。

我骑车回家路上，心情格外沉重。回到家里，大姐二姐小妹，都已知道消息，内心很不安，不知我二哥病情如何，是真有病，还是出了啥事，不知父母路上是否顺利，我大哥是否先期到达，几个人吃不下饭，睡不好

独自在车站值守的二哥

不幸发生在他去世的前一天晚上,因为天气渐冷,站上给提供了烧煤的炉子,用来生火取暖。他白天去晋北派出所开会,晚上回站上巡查后,和衣在床,枪不离身,手拿一张报纸看,也许是过于劳累,也许是煤烟过重,门又插死,他煤气中毒昏了过去。

觉，想尽早知道消息。过了两天，王益民接到电话，到家告诉实情，说希成是煤气中毒，没抢救过来，人已不在了。我们几个都痛哭起来。过了一会儿，王益民说："人家来电话说了，希成虽是煤气中毒，但他是执勤倒在工作岗位上的，是因公牺牲的，把希成遗体送回来安葬时，要开一个隆重的追悼会。希成参加工作走时，是咱村的党支部副书记，对村里贡献很大，村里也想好好开开，你们别哭了，赶快准备开追悼会的事。"我们赶快跟着忙开追悼会的事。

第二天上午，拉二哥希成灵柩的卡车开到我家门口，我父母我大哥也跟车回来，晋北派出所的李所长和几个民警也来了，他们是哥哥的战友，对我二哥去世同样悲伤。更悲痛的当然是我的父母和家人。我父亲很坚强，虽然一直流泪，但头脑清醒，安排着二哥安葬的一应事宜，我母亲哭得昏死过去，经抢救才苏醒。我二嫂带着一个三岁一个一岁的孩子去了晋城，也随车回来，大人小孩哭哭啼啼，甚是悲凉。好在我父亲清醒，我大哥在焦作矿业学院工作，见识广，和派出所村里协调，把我二哥的追悼会开得很隆重实在，全村绝大多数人都来了。派出所领导对我二哥做了很高评价，明确说樊希成是因公牺牲的，享受因公牺牲的一切待遇。这一点让我父母和家人感到有一些欣慰。听我父母和大哥讲，这一点在晋北派出所时，已讲得很清楚，包括谁来接班，孩子如何抚养，老人如何照顾，都已说到。还议论过，让我去接我二哥班当民警，后来我二嫂想去接班，我们全家都同意。我二哥确实是倒在值勤岗位上的。他和衣而卧，枪不离身，是随时准备出勤的，也可以说，他在值班的地方待着，就是值勤。有的人不了解这个实情，只说我二哥是煤气中毒而死，有的亲友对这一点也不清楚，人云亦云，这是不对的。煤气中毒是原因，但我二哥发生煤气中毒是在值勤的工作岗位上，是在值班兼住室的屋里，枪不离身就是明证，况且也是为了保护武器。他一个人在车站值守，人生地不熟，车站周边情况复杂，盗窃现象严重，他必须提高警惕，随时准备处理突发事件。由于疏忽，导致了煤气中毒，但从实质上说，他是为执行任务而殉职的。我们在为他英年早逝而惋惜时，必须充分肯定他是因公牺牲的。这是事实，不仅符合当时的政策规定，就是按现在的标准认定也毫无问题。我二哥工作能力强，在村里就是党员，深得组织信任，派他一个人去执行任务，他忠于职守严于律己是好样的，去世后晋北派出所全体人员和北板桥车站员工，对他深切怀念，用各种形式悼念他，就是一个很好的证明。

但是因公牺牲的认定后来一波三折，以得向上逐级请示、铁路公安部门归属调整、个别领导态度变化等原因拖延不定，我二嫂虽去参加了工作，但两个孩子的户口转为城镇户口未能解决，迫使我老父亲以近七十岁高龄，带两个小孙子，在新乡、郑州间，多次奔波上访，像秋菊打官司那样，历尽艰辛。我大哥也到处找人，向组织上反映情况，终于在我二哥去世三周年前后，得到了郑州铁路局公安处关于樊希成是因公牺牲的定论，下发了文件，对父母和孩子的各项照顾政策得到一一落实。

1975年4月，我从贵州去北京，返回时路过新乡回家。在煤油灯下，老父亲打开一个牛皮纸包给我看，里面是抄录的一份文件和各种手续。牛皮纸面上老父亲写了几行字：这是办完希成这件事的手续，等樊斌樊文长大了，让他们看看。我看完纸包里的东西，再看着几行字，两行热泪长流而下……

我的悲伤，是为我二哥的英年早逝，也是为父母为处理二哥后事付出的艰辛和屈辱，终于为儿子之死讨了一个说法。我父亲是一个刚强而又讲道理的人，是方圆

/061

几十里有名的木匠和泥瓦匠，为人善良，一辈子为人造房架屋，深得乡亲爱戴。我二哥高小毕业，看家里劳力少，心疼父母，就自己辍学，回家跟父亲学手艺，很快入门，做木工盖房都很在行，干农活也是一把好手，十八岁就当生产队长，二十岁带民兵连修五三一工程，二十二岁在1969年吐故纳新时入党。1970年新乡铁路分局到县里招工，公社让他协助搞政审，招工结束时，来招工的领导提出带他走，去铁路上当民警。当时他已结婚生子，能参加工作是意外之喜，他愿意，我父母全家都很高兴。为纪念二哥参加工作，我父亲带我去南庄集市买了两棵桐树栽到了院子里。现在，桐树老了，二哥殉职了，我的父母也已过世了。院中双桐身已老，曾与父兄共生栽，想起这些往事能不伤悲！

二哥是一个有志向有能力的人，一个敢于担当尽责的人，一个聪明好学的人，一个对祖国和人民有贡献的人，一个对家庭有贡献的人。对父母是一个孝顺的好儿子，对妻子是一个好丈夫，对两个儿子是一个好父亲，对哥姐是一个好弟弟，对弟妹是一个好哥哥。对组织上，他是一名好党员好干部好民警，如不遭不幸，会有很大发展前途。他是我们兄弟姐妹和下一代的学习榜样。

二哥生于1947年11月，去世时才二十四岁。他比我大八岁，我是他带着长大的，一起干农活，种庄稼，一起去沁阳小火车站拉煤，"文革"中参加同一派组织，跟着他东奔西走。他当民警后回家时，去学校送我，我坐在他自行车后衣架上，很是幸福和自豪。去世前十九天，他托杨垒村张占先给父母捎回一封信和几斤月饼，说中秋节回不去了，问候父母大人，还问我学校放假没有。我和二哥有深厚的感情。我1972年冬当兵离家时，就带着他的这封信、一张照片和两件遗物，现在这些还都珍藏在我的小木箱里，二哥对我的情义，我永远珍藏在心底。

2017年，我终于有机会去了晋城北站，当年的派出所还在，但人事已更，三位民警接待我，对过去的事一概不知。当听说我的来意后，他们热情接待我，领我看了当年的宿舍饭堂，还去站台上看了看，遗憾的是北板桥车站修路，车过不去，没能去看二哥当年值班的地方。回程路上，我忍不住痛哭一场，从心底吟了一首诗："四十六载心愿遂，来到晋北双泪垂。从此不踏伤心地，踏上一回哭一回。"把这首诗通过手机发给大哥，很快就收到希旺兄回诗："大弟殉职北板桥，全家老幼哭号啕。

今日小弟寻故地，又使吾心涌悲潮。"由此可见，对失去的亲人，尤其是英年早逝的亲人，人们的记忆是永不磨灭的，只要有一点记忆火星，就会燃起浓烈的思念之火。

今天，是二哥希成因公殉职五十周年忌日，也是纪念日。我想起二哥遗体下葬起坟后不久，老父亲为二儿子立碑的情景。我父亲在自做的一根不长的水泥桩上，用大号铁钉，一个字一个字地刻写了"樊希成之墓"几个字，刻时没有掉泪，但我分明看到，他的眼泪流在了心里。尔后，我陪他去将碑安放到我二哥的墓前。如今五十年过去了，墓前已是衰草萋萋。今天，我仅用此一篇小文，来哀悼我亲爱的二哥，寄托我和亲人们对他无尽的思念。

一 大 姐 一

我家兄弟姐妹六人，大姐按年岁排在第二，属马，长我十三岁。她结婚成家那年，我才六七岁，刚上小学的年纪。她上了花轿，我躲在门后放炮仗，点燃炮仗却吓得忘了撒手，眼睁睁看着它在手中爆响，炸得手掌黑黄肿胖，好多天端不了饭碗。

有一件事在我的童心中印象特深。"困难时期"家里缺粮，将榆树树皮、玉米棒芯磨面充饥，地瓜、地瓜面已不多见，玉米、玉米面都成了稀罕物。大姐做饭的时候，常把一些好吃的留给父母，她知道在大田里劳作的双亲更需要营养。一次，她烙了几张焦黄喷香的玉米面饼，自己舍不得吃，也拒绝了我极度企盼的目光，而且还把饼放进竹篮挂在我探不着的房梁上。幼小的我在小桌上放了凳子，站在凳子上去取饼，当终于不能奏效时，便号啕大哭起来。为这件事，我有几天不理她。不过很快就和好了。我有什么理由恨大姐呢？大姐是个懂事的大姐啊！

大姐结婚后，仍时时记挂着父母，记挂着未成年的弟妹。姐夫是个老实厚道终日沉默寡言的庄稼人，大姐常指派他来娘家"服役"。她常常叫着姐夫的小名："五，去给咱妈家翻地。""五，去给咱妈家拉土。"我家的重体力活，大姐夫没少出力。记得那些年我家冬天烧的煤炭，都是大姐夫拉着平车去百里开外的矿山拉来。大姐说"五，去给咱妈家拉煤"，大姐夫便怀揣几个烧饼拉着车子上了路。

大姐对父母及兄弟姐妹的关心更是身体力行。为了减轻母亲缝制全家衣服的负担，大姐省吃俭用挪肚攒百方凑集买了一台缝纫机，并学会了熟练地操作。我家有一半的衣物出自大姐之手，而且兄弟姐妹中我受益最多。那时渐渐长大的我已开始知道"臭美"。穿衣服"穷讲究"，诸如上衣要带纽扣的（指制服）、裤子要前开口的（不穿大裆裤）、鞋子要方口的（不穿圆口的老头鞋），这些只有手巧又懂点儿新潮的大姐能够缝制。为了弟弟能穿上舒服体面的衣衫，我的大姐不知度过了多少不眠之夜，那"嗒嗒嗒"的缝纫机走线声不知

为家里人操心的大姐

一次,她烙了几张焦黄喷香的玉米面饼,自己舍不得吃,也拒绝了我极度企盼的目光,而且还把饼放进竹篮挂在我探不着的房梁上。幼小的我在小桌上放了凳子,站在凳子上去取饼,当终于不能奏效时,便号啕大哭起来。为这件事,我有几天不理她。不过很快就和好了。

耗去了大姐几多心血。母亲在织布机上一梭一梭织就的匹匹粗布，经过大姐的巧手，变成了弟妹们一件件可身的衣裳。

何止是衣，衣食住行，大姐哪一件不为家里人操心啊。大姐的家跟我们家村头接着村尾，相距仅一箭之遥。她劳作一天之后，便踏着夜色来看父母弟妹，有事领"任务"，没事见见面，便又踏着夜色匆匆而去。我十七岁参军离家时，大姐精心给我缝制了一个枕套，那上面绣有漂亮的花朵、欲飞的蝴蝶，还用蓝色绣线寓意深长地绣了"自力更生"四个大字。这个枕套随我走南闯北二十五年，至今仍在使用。每当看见大姐用心选材、精心缝制的枕套，看见上面鼓励我成长的几个字，我便如睹大姐那亲切的面容。

大姐精明能干但性格过于急躁，总想把各种各样的活路干得又快又好，持家、做事不甘人后，这样长此以往便损害了身体健康。因为钢铁也有疲劳断裂的时候，何况人乎。待弟妹逐个长大之后，大姐的心血便更多地用在四个子女身上。操心他们上学，操心他们工作，操心他们成家，还在村边争取到一块宅基地盖了新房。她要用自己勤劳的手，为子女们编织一个舒服的安乐窝。

就在她一步步去实施创业计划时，却突患脑溢血病倒了。白发老母抱着不省人事的她哭着喊："小季，咋不让我去替你啊！"我们兄妹几个全都回家去探望大姐。我在新乡火车站下车后，见站台上有个人带着许多串香蕉在候车，便哀求他卖我一串（当时商品没有现在如此流通，家乡较少见到此物）带给患病的大姐。好说歹说，那人硬是不允，情急之下我提起一串就走，有生以来当了一回"强盗"。这次患病由于治疗及时护理精心，大姐终于战胜病魔恢复如初。然而两年后的一个大忙季节，她着急农活落人之后，心绪焦躁旧病复发，终至神智不清，生活不能自理。七八年来，大姐夫八方求医百法用遍，每天喂饭喂药洗脚按摩，也未能使大姐好转。两年前大姐病危，我匆忙从东北赶回，久不认人的她竟一下子认出我来。无力的眼神在我脸上游移，喃喃地说："你是小安。"我一下子扑倒在骨瘦如柴的大姐身上痛哭起来。

此情此景犹在眼前，然而大姐已离开我们两年了。"长姐如母"，我时刻也忘怀不了大姐那点点滴滴丝丝缕缕的亲情。愿这点儿纪念文字化为大姐坟旁树上的一只蝉，在夏风中鸣唱那无尽的思念。

— 中宁枸杞 —

宁夏中宁县出产枸杞,其品质位列全国第一。中宁枸杞品种优良,果大、色红、味甘、肉厚、籽少,在中外享有盛名,被誉称"红宝",《本草纲目》记载,枸杞有清肝明目等药用食用价值,颇得人们喜爱。我知道中宁枸杞,并多得益于它,是因为我的二姐和姐夫生活居住在中宁县,他们常寄或带给我枸杞,见面时送我的礼物也是枸杞,最近一次来北京带来十多斤,我用来泡酒,泡茶,还分送给朋友们享用。

二姐和姐夫离开北京时,我在饭店设宴为他们送行,俩人坚辞不让,最后还是按照我的意愿,在一起吃了一顿送别宴。"西出阳关无故人",把酒相送,自然生出许多感慨。亲人之间,姐弟之间,有浓浓的亲情,但我对二姐和姐夫除了亲情,还有敬佩。他们虽然普普通通,我却敬佩他们,而且应当敬佩他们。

姐夫叫王有富，我上小学就知道这个名字，并知道这个人在宁夏中宁线务站工作。因为二姐识字不多，常让我替她给姐夫写信。姐夫十八岁中专毕业，就离开家乡到宁夏支边，一去经年，就做一样工作，担负一样任务，维护国家通信线路的安全。那时条件十分艰苦，人烟稀少，野兽出没，腾格里沙漠时常咆哮。什么时候线路出了故障，什么时候就去维修，没黑没白，说走就走，又苦又累，还有危险。除此还有远离家乡的寂寞。一年只有一次探亲假，也只有在假期，才能见到我二姐和孩子们。但刚刚见面，就又面临别离的痛苦。后来条件好了，与家人也团聚了，自己也老了，他一直在维护线路的位置上干到退休，无怨无悔。他把自己的青春献给了腾格里沙漠，献给了我国的西部，献给了国家的通信线路。六十九岁的他已白发苍苍，那是沧桑岁月留下的印记。

二姐和姐夫两地生活。二姐在家乡种地，上面侍候公公婆婆，下面拉扯三个孩子，那时又刚刚分了责任田，人们各顾各，受的苦可想而知。隔几年农闲时，二姐去探望我的姐夫，左手拉一个孩子，右手拉一个孩子，背上还背一个，举步维艰，遭了多少罪也可想而知。20世纪80年代初,国家放宽政策,允许夫妻团聚,二姐带三个孩子到中宁落户。姐夫中专毕业工资少,顾不了全家生活,二姐就在街头摆小摊卖冰糕瓜子,一分一分挣钱,积少成多,供四个孩子上了中学,两个还上了大学。

二姐和姐夫就像中宁的枸杞,朴实无华,益于国家,益于亲人,无私地奉献了自己,难道不应该得到我们的崇敬吗!"宁夏枸杞产中宁,形若宝石粒粒红。肝清目明实最佳,皮薄肉厚益无穷。河里波涛借地利,塞外风雨凭苍穹。"我喜爱宁夏中宁的枸杞,我更敬爱我的二姐和姐夫,我衷心地祝他们健康长寿、安度晚年。

第二辑 亲戚群

近些年,老一辈亲人接踵辞世,
如同将要收园的老瓜,一个个熟透落蒂。
母亲去了,大舅去了,二姨去了,
大姈去了,现在最后一个舅舅也去了。

最后一个舅舅

妹妹从故乡来电话,告诉三舅于昨晚病逝。我手握话筒,久久无语。近些年,老一辈亲人接踵辞世,如同将要收园的老瓜,一个个熟透落蒂。母亲去了,大舅去了,二姨去了,大妗去了,现在最后一个舅舅也去了。虽说"人总是要死的",我的三舅也不例外,虽知"人死如灯灭",我的三舅也不能死而复生,但我还是依依怀念,甚至期盼有重生的奇迹出现。今年春节,远在长春的我叮咛妹妹一定去看看三舅。妹妹是正月十一去的,回来后告诉我,六十八岁的三舅身体很好,在家和人家打牌呢。离开时三舅把她送到村口,说自己身体结实没病没灾,不要让你可忧念。没想到才过二十多天,三舅就因心肌梗死匆匆离我们而去。

我的三舅大名刁致和,小名麦来。"麦来",按照家乡一带的取名习惯,他当是在麦收时节出生的。我有三个舅舅，二舅早年去世，我记忆中从未有这个舅舅的影像。大舅极疼爱我们，但他是长子，对人威严，因此从情感上我和三舅更接近一些。而且三个舅舅中他年纪最小，和下一辈更容易沟通。前几年大舅病逝，三舅便成了我最后一个舅舅。中国人很看重甥舅关系，因为它"打断骨头连着筋"，有血缘相通的先天亲和力。在河南农村，舅舅享有崇高的权力和地位，握着管束外甥的天然法权，外甥不听话，舅舅可以"该出手时就出手"。外甥的父母不在家，舅舅可以代理老人决断其家事。舅舅更是外甥兄弟间析分家产的"判官"，外甥们分家必须有舅舅在场并拍板定案。当然，舅舅们是威严而又亲切的。自古以来，外甥都愿和舅舅亲近，不愿和父母说的话，却能和舅舅说个没完。这是因为，在外甥眼里，舅舅是"小大人"，是他们的榜样和楷模。不少外甥是拉着舅舅衣襟长大的，也有许多外甥是从光腚娃娃开始和舅舅一起"玩尿泥"长大的。我与三舅相差二十多岁，他对我既严厉又祥和，我对他既敬畏又热爱，相互之间是一种最常见又难以割舍的甥舅关系。如今，我和舅舅"从此千万里，生死两分离"，心中怎能不戚然伤悲！

我家和舅舅家都在河南温县农村，相距六公里。这个距离在交通便利的今天并不算远，但在当年却显得漫长。不过三舅却常到我家里来，因为他有一辆永久牌加重自行车。我小时农村自行车很少见，三舅的自行车便格外显眼。只要听见门口"丁零零"的自行车铃响，我们就知道三舅来了，蜂拥着跑出去迎接。三舅在焦作市化工二厂当工人，在亲友和乡邻中算是有出息的。我很羡慕他有一份城里人的工作。他来时，常常带着红红的山楂、五颜六色的糖块，送给我父母的点心盒花花绿绿，里面装有糖三角、小麻糖、核桃酥等，外面包一层好看的玻璃纸。有时也带一包白糖或一包红糖，那时供应紧张，这些东西在乡下是稀罕之物。我印象特深的是，三舅时常给我家带一包盐来。这盐不是粉末状的精盐，而是小拇指般大小的盐粒。因此，我家长时间不买盐也有盐吃，邻居谁家没了盐，也伸手到我家的盐缸里抓上一把。后来我才清楚，这盐原来是工业用盐，是化工制品的原料。三舅每天的工作就是装卸、运送这些原料，一把大铁锹伴他度过一年四季，随着一列列装盐的火车皮进出，他也由青年而中年而老年。"近水楼台先得月"，这盐，也许是三舅厂里工人的"福利"，也许是卸车时扫出的"边角余料"，也许是下班后从鞋壳里倒出的

"残渣余孽",不管怎样,它让我度过了一个天天有盐吃的灿烂童年。

每当三舅在我家的堂屋坐定,和我的父母唠起家常,我和我的二哥或一群邻里小伙伴,便推着他的自行车奔向打麦场。大家簇拥着,像得了一匹宝马一样开心。常常一个人骑上,两个或三个人在后面把着,我们许多人就是这样学会骑自行车的。一次我刚学会骑,便一个人推着三舅的自行车上了麦场,没承想骑上能走却不会下车,只得那么一圈又一圈地绕场而行。丽日晴天四野无人,下不来急得只想哭,最后豁出去连人带车地向一垛麦草骑去,结果"人仰马翻",栽倒在麦草堆里。那时,在我幼小的心灵里,三舅便是我的楷模,我向往城市,因为三舅是城里人啊。我那时想,三舅一定挣很多很多的钱,要不,他怎么能买得起自行车呢?要不,春节时给外甥们压岁钱,别人都给两角,他怎么给五角呢?要不,他怎么会按时拿钱给他的母亲我的外婆呢?长大了我才知道,三舅那时挣的工资并不多,一个月连加班费才三十多元。我三妗带六个孩子在农村,家里负担沉重,日子过得十分清苦,比我家好不了多少。三舅之所以省吃俭用下决心买这辆永久牌加重自行车,是为了星期天

省吃俭用的三舅

三舅之所以省吃俭用下决心买这辆永久牌加重自行车,是为了星期天或串休日从城里赶回家时省汽车票钱。三妗身体不好,孩子们又小,三舅一心挂两头,既要在厂里上班,又要回家干农活做家务,这自行车便是他随叫随到的「小宝马」。

或串休日从城里赶回家时省汽车票钱。三妗身体不好，孩子们又小，三舅一心挂两头，既要在厂里上班，又要回家干农活做家务，这自行车便是他随叫随到的"小宝马"。从城里工厂到三舅的家，少说也有五十公里，只要是休息日，三舅都风雨无阻地骑车回家。回一趟家须骑两三个小时，尽管又饥又累又渴，他也舍不得到路边的小饭铺吃点东西。年复一年，轮转轮飞，自行车记录着三舅走过的岁月。一次，三舅揉着膝盖对我说："年纪不饶人，也真骑不动了，从焦作骑到家要歇好几口气呢！"我看着三舅，昔日壮实的他，说话直咳嗽，脸上布满了皱纹，背也明显地驼了，生活的担子太重啊！但他依然乐观、自信，一副满不在乎不惧怕任何困难的样子。

在我的记忆中，三舅永远穿一身蓝布工作服，黄色力士鞋（也称解放鞋），一年四季如此，只是冬天时脚上的力士鞋换成了大头鞋。这样的穿着除了节省，便是图干起活来方便。三舅虽在城市里上班，但是除那身工作服外，和村里的农民没有两样，兜里揣着竹竿烟袋，不吸纸烟吸旱烟，成年剃个光头，思想上更是典型的农民脑筋。"不孝有三无后为大"的意识深深地刻在他的脑海里,在迎来五个女孩之后,千呼万唤地才有了一个男孩。他和妗给男孩取名"胜利",终于胜利的意思。五女一男六个孩子中,三舅最疼爱他的"胜利",没到退休年龄便提前让儿子进厂接了班。自己则回归故里,还原为一个地道的农民,开始了新的创业计划。三舅一辈子都在创业,他一生共建起五座共十五间瓦房,这使他得以从和大舅二舅家聚居的老院搬出,有了独门独户的宅院。其中有两座新房,是在他退休后这两年才盖起来的。三舅"解甲归田"后,"疯狂"地二次创业,他承包土地种商品粮,喂养老母猪卖猪崽,空闲时编草苫、扎扫帚卖,凡少投入资金多投入劳力能够赚钱的办法,他都去想去试,靠他的精明算计,更靠他的勤劳和汗水,一步一步地去接近目标。他把房舍盖得高高大大,家里置办得井井有条,却在该享福时无福消受溘然长逝了。他走的是一条千百年来农民兄弟攒钱盖房修宅建院的老路,转的是多少代农民都无法走出的"魔圈"。

三舅是个重情的人,和我父母的感情尤其深厚。我的父母先后去世后,三舅提起他们就落泪,到了老年更是如此。我每次回故乡,他都要对我提起我的父母,说着说着就泪流满面。他总是一边擦眼泪一边说"不说啦不说啦",接下来是更伤心的呜咽。我最后一次见到三舅,是在我母亲去世三周年那天。三舅特意赶来,参加为我父母坟墓立碑的仪式。从坟地归来,他忧伤地围着我父母亲手盖起的几座瓦房转悠,似乎在思索什么。吃罢午饭,他突然把我们兄弟姐妹几个叫到一起,语调郑重而又凄然:"你们这一去不知啥时才能聚齐,我也老了,不能常来,今天趁我还在,给你们做主把家产分一分。"我当即表态:"我远在东北,不要家里的一草一木!"三舅斩钉截铁地说:"不中!我当舅的得公平,谁不要也不中!别看你眼下在外边混得还可以,保不住啥时犯错误呢!到时人家把你下放了,回来老家连'骨缩'(河南方言,意为蹲坐)的地方都没有,叫我咋对得起你死去的爹娘!""儿行千里母担忧",娘不在了,舅还惦着我呢!我一下子明白了三舅的良苦用心,不顾许多人在场,放声号啕起来。

最后一个舅舅走了,但甥舅情却永远藏留在我的内心,因为它真的是"打断骨头连着筋",连着我的血肉和神经。"舅舅辞世出殡日,外甥含泪写祭词。空对南天无一语,桩桩件件忆儿时。"一首小诗数点泪痕,包含着我对最后一个舅舅的怀想。

四 姨

妹妹来电话，说四姨去世了。我问何时去世的，妹妹也说不清。说着说着，妹妹哭开了，也骂开了，四姨的几个孩子真不像话，连四姨死也不告诉一声。当知道了去问，四姨已经入土四个多月了，没有坟头，坟地里的麦子都长出来了。四姨的几个儿子说，县里规定人死了必须火化，不火化强制执行。为了能够土葬，亲戚们谁也不敢告诉，儿女们连哭几声都不敢，怕惹出事端。就这样，四姨一生就悄无声息地结束了。四姨夫去世在四姨的前头，两人相依为命，姨夫走了没多久，四姨就随他而去了。

我母亲共兄弟姐妹七人，三个男孩四个女孩，我母亲行五，上面有两个哥哥、两个姐姐，下面有一个弟弟、一个妹妹。这个妹妹就是四姨。四姨在娘家时最受宠爱。我母亲最喜欢这个小妹，和我们家来往最为密切。但是，我四姨似乎命运不好，结婚成家后受的苦最多。无论怎么吃苦，也不见她脱贫，临到老也是房无一间，地无一垄。想起命苦的四姨，我现在仍止不住掉下眼泪。

四姨和四姨夫共有三个儿子两个女儿，家里比较贫穷，一家人挤住在一座房子里。为了多盖些房，给三个儿子说上媳妇，两口子用尽了毕生心血。我妈在世时，四姨常到我家来，一住就是十天半月。四姨裹过小脚，走路不便，我常拉着架子车去接送。对她家的事，我从她和我妈的闲聊中知道不少。每次见我妈，四姨都哭诉她命苦，但哭诉过仍坚强地活着，顽强地同命运进行着抗争。

我四姨命苦和四姨夫有关。四姨夫叫常清让。我所以记住这名字，是一次去亲戚家坐席，粗通文墨的四姨夫，用筷子蘸着壶里的茶水，在酒桌上写给我看的，我对这三个字印象深刻。印象更为深刻的是，这三个字差点影响到我的前途。1972年冬我报名参军，政审时有人说我四姨夫有"政治问题"，是一个主动脱离革命队伍的"逃兵"。最后认定是一般历史问题，不影响我参军当兵。但我却由此知道了四姨夫的一段经历。1945年抗日战争胜利后，我四姨夫参加了八路军，在部队已经干到连级职位，后来部队离开河南向华北转移时，他产生了"三亩地一头牛，老婆孩子热炕头"的想法，悄悄离开部队回到了家中。姨夫是个普通的庄稼人，人很老实，由于粗通文墨，说话文绉绉的，我从来没见过他发火，也许是在革命队伍当过基层干部练出来的涵养。姨夫的这段历史不怎么光彩，但也说不上可耻，几乎无人问津。但"文化大革命"时被一些人翻腾出来，就不是什么好事。曾经担任的小队干部也被撤职了，所谓的"逃兵"帽子扣在头上，即便浑身是嘴也说不清楚。家庭在村中的地位一下子下降许多，盖房划院遇到困难，三个儿子找对象也不容易。经常有给儿子们介绍对象的，我四姨带着儿子三天两头去相亲，每次都高兴而去，失望而归。原因只有一个，就是女方嫌家里穷，全家就一座破旧瓦屋，新媳妇娶进门住到哪里呢？

主要矛盾弄清楚之后，四姨和四姨夫决定在划院盖房上做文章。改革开放之后，宅基地管理松动，经村里允许，他们把旧房交出，新划了一块宅基地。光有宅基地，没有房子不行呀，那就盖房吧。好不容易盖了两座房，全家住了进来，又张罗着给大儿子划院盖房，因为人家女方说非独门独院不嫁。好不容易又划了一个宅院，

自得其乐捡垃圾的四姨

四姨也克服小脚不能走远路的困难，走村串巷地捡垃圾。垃圾捡回到家里，分类、打包送到垃圾收购站。开始在自个村子，后又扩展到周边的村子，进而扩展到城边，最终也没敢进城。曾进城捡过一次，被人家轰了出来，说是进了别人「势力范围」。不进就不进吧，大路朝天各走一边，就在周边的村子转悠。

盖了一座大瓦房，把大儿子的婚事安排好。二儿子也在谈对象，女方也提出不独门独院不嫁。接二连三的婚事，就像催征战鼓似的。家里的积蓄用光了，猪和鸡都卖了，没有换钱之物。没有办法，就四处借钱，亲友们也都伸出援手，但"救急不救穷"，还是背上了沉重的债务。种地挣不了多少钱，四姨和四姨夫又不会什么手艺，没什么来钱道，情急之下，两人一下子就白了头。四姨夫说：天无绝人之路，下雪天饿不死瞎家雀。他和我四姨琢磨来琢磨去，两人决定去捡垃圾卖钱。一贯斯文的四姨夫不顾脸面，操起了捡垃圾的工具；四姨也克服小脚不能走远路的困难，走村串巷地捡垃圾。垃圾捡回到家里，分类、打包送到垃圾收购站。开始在自个村子，后又扩展到周边的村子，进而扩展到城边，最终也没敢进城。曾进城捡过一次，被人家轰了出来，说是进了别人"势力范围"。不进就不进吧，大路朝天各走一边，就在周边的村子转悠。现在人们生活富裕，产生的垃圾很多，不仅捡回来可以卖钱，还捡回来旧衣服、旧沙发等穿的用的东西。随着业务扩大，从走路发展到拉架子车，后又置办了三轮车，姨夫拉着四姨捡垃圾，也逛风景，虽然苦点累点，但积攒的钱还清了债务，两人的内心还是欢乐的。有时姨夫一边蹬车，一边唱戏文给四姨听，两个七十多岁的老人在捡垃圾中自得其乐。

给老二盖房娶媳妇的债务刚还清，老三又要成家了。好在有最早划定的宅院并盖了房，不用太费周折。但女方提出房屋要翻修，还要购置时兴的电冰箱、洗衣机等几大件。没办法，老两口开着三轮车披挂上阵，继续着捡垃圾的生活。手心手背都是娘的肉，不能让老三受委屈，老两口一点一点筹集着老三婚事的费用。

等三个儿子都娶上了新娘，住上了新房，四姨夫和四姨也老了，长期捡垃圾已经直不起腰来。姨夫是一个大个头，现在只有先前的半个身子高；四姨本来个儿就低，现在佝偻着腰，就像饭桌那么高。而且捡垃圾成了习惯，不捡就身上难受。一天天积累，一些垃圾不能及时卖出去，院子里堆成了垃圾山，散发出难闻的气味。终于，儿媳妇有了意见，向儿子发出了通牒：再这样下去咱俩就离婚。儿子为此也不高兴。为了儿子家庭和睦，老两口忍痛离开自己的家，在村子里租房另住。我最后一次去看四姨四姨夫，就是在他们租住的别人家的屋子里。我和妹妹的到来，让他们局促不安，因为垃圾堆得无法下脚，两位古稀老人就生活在垃圾堆里。我哭了，眼泪无声地流了下来，为我苦命的四姨四姨夫，为他们奋斗了几十年仍是"房无一间地无一垄"的悲苦境遇。

在电话中，我理解妹妹悲愤的心情，苦命的四姨就这样悄无声息地走了，临末了见上一面、哭上一声都无可能。不久，接到四姨二儿子的电话，说他在北京打工，我们表兄弟俩见了一面。我请表弟吃了一顿饭，喝的是茅台酒。不是显阔和铺张，而是我心存对四姨的一点儿情意，我把头一杯酒举过头顶，喊着四姨四姨夫的名字，然后把酒倒到地上。此时，我和表弟的眼中都含满了泪水。

月 姐

午睡起，正读报，妹妹从河南老家来电话，说远在陕西武功的大姐去世了。大姐叫月，我们都叫她月姐。月姐是我伯父的女儿，我父亲弟兄两人，她是两家中最大的孩子，故称大姐。月姐为何远嫁陕西武功落户，说起来话长。

民国三十一年，即1942年，河南发大水，我家在黄河近旁，是重灾区，灾民被洪水洗劫后，缺吃少穿，饿殍遍地。为找生路，纷纷结队外出逃荒。父亲和伯父洒泪而别，各带家小上路。伯父带一家"走西口"，出洛阳，奔陕西而去，和一些乡亲在武功落了脚；父亲带一家南行，去许昌投奔亲友，在那里做小生意谋生。战乱频仍，音讯不通，兄弟俩失去了联系。

中华人民共和国成立前夕，家乡搞土改，父亲知道后带家小回到故乡，过上了平稳的日子。父亲是一个很仁义的人，我爷爷奶奶过世得早，兄弟二人自小相依为命，有很深的感情。安顿下来之后，便四处打听我伯父的消息。听说他们在陕西武功落脚，就怀揣几块干馍，一路打探而去。临行前，父亲和母亲腾出祖上传下的唯一一处宅子，修缮了破旧的房子，为伯父一家准备好，自己搬出来，借住在别人家的房子里。几经周折，父亲在武功找到了我的伯父。兄弟俩失散数年劫后相见，自是相抱痛哭，别情长叙。就这样，父亲把伯父一家接回了故里。月姐因已和当地人成婚，不能随返，父亲、伯父临行时，月姐抱着腿不让他们走，哭成了泪人。

伯父返回故里后，因积劳成疾，没过几年就去世了，伯母也病瘫在床，伯父家的事情都是我父亲一应打理。父亲最痛心的是没把月姐带回来，时常挂牵着这个远在他乡的侄女。自打我上小学学会写信后，父亲就让我代他给月姐写信，地址我清晰记得是陕西武功蔡家坡。"困难时期"还寄过钱和粮票。尽管常代笔写信，但我对月姐的印象并不深刻。一是年龄差距大，二是不生活在一地又不常见面。不过印象还是有的。

我大约见过她三四次。一次是"困难时期"，瘦瘦的，和我伯母长得一个样子，因为吃不饱，脸色有些发灰，临走时大包小裹带了不少东西。二次是农村形势好了之后，她是带着儿子水库一起来的，面色红润，说话声音朗朗，给我们带来了锅盔、柿饼等陕西特产。父亲很高兴，我也很高兴，因为我很快就和年纪相仿的水库熟识起来，下河摸鱼，上房掏雀，在空场地疯跑，我只是不习惯他叫我"舅舅"，我年纪很小，觉得没有这个资格。最后一次见面，是在1976年春节，我从部队回家探亲，恰逢伯母病逝，就和父亲一起为伯母料理丧事，给月姐发去了报丧的电报。那天正忙，有人报月姐来了。她已到了村口，一路大哭着向家奔来。因为她哭的是陕西口音，人们便知道是月姐来了，赶快来报信。我们接住她，搀进门来。月姐一头扑倒在母亲灵前，哭得昏天黑地，在那独特的陕西口音的哭诉中充满了悲痛和哀伤："娘啊，你好狠心啊，你丢下苦命的女儿不管了啊！你把我一人扔在外面你放心啊！娘啊，我苦命的娘啊！我以后回家我找谁去啊！"我父亲拉起她，老泪纵横："闺女，不哭了，你妈不在了，有你叔呢！"月姐趴在地下"咚咚咚"给我父亲磕了三个头："叔啊，俺大俺妈都不在啦，您收下您这苦命的女儿吧！"站在旁边的人，都被她哭得掉了泪。

天各一方，一晃三十余年没见月姐了。对她的情况，都是片言只语从亲友处听到的。月姐的丈夫，多年前就病逝了，她一人把水库、平库两个孩子拉扯大，吃了太多的苦。好在现在家里状况不错，两个儿子都已成家，对月姐也都很孝顺。月姐老了，差一岁八十了，仍终日不闲，她还要为儿孙们贡献余热。晚上和老家的大哥通电话，大哥说四天前他还和月姐通电话，告知我"十一"长假回去探亲，问她能不能回来。月姐说她很想回来和兄弟们见一面，但离不开，现在正忙秋收，收了还要种，等闲了再找回来的机会。大哥对我说，没想到这样的机会永远也不会有了，说着在电话那头哽咽起来。是啊，见月姐一面叙谈的机会再也没有了。我从电话中获悉，月姐年近八十，并无大病。去世当天，早上8点感到不适，始呕吐，不久便撒手人寰。确诊为脑溢血突发不治而亡。逝去时没遭什么罪，算是善终。我还从电话中获悉，老家的堂兄等人已赴陕西武功奔丧。而我，只能写这么一点点文字，表达心中隐隐的哀痛。

秀 英

四姨有三个儿子两个女儿。两个女儿大的叫小秀，小的叫秀英。秀英脑子不好使，不是笨，而是傻。但傻也没傻到什么也不知道的程度，属于半憨不傻的那种，头脑有时清楚有时糊涂，按现在的说法，属于智障一类。她个头不高，偏胖一些，五官也周正，只有当你和她说话的时候，才会觉得她智力有问题，因为她只会用点头、摇头或简单的词句回答问题。不是不会说话，而是说话很少，有时还会领会错你的意思，弄出一些笑话。秀英是个乖孩子，不疯不跑，不哭不闹，到哪都安安静静的，有时看大人干活，还会主动过来帮助，只是效果差一些，有时还会好心办错事。大人气急了骂她怪她，她也不恼怒，一副乖乖的憨模样。

我四姨四姨夫都聪明伶俐，秀英的哥哥姐姐也都智力正常，唯有秀英生下来智障，真是天道不公。无论哪个孩子都是自己身上掉下来的肉，无论好树歪树都是自个种下的树，没有父母嫌弃自己骨肉的，我四姨四姨夫亦是如此，秀英虽憨傻一些，但为人实诚，更得他们喜爱，甚至有些偏爱。四姨小时候裹过脚，行走不便，秀英就扶她行走，成了娘的小拐杖。四姨家到我家有十多里地，来我家时，秀英拉着架子车送她来，走时又拉她走，没有人告诉秀英路，走得多了，她就记住了，从来没有走错路，由此可见，秀英是半憨半傻，在有些方面智力也属于正常。她没有上过学，但粗通文墨的四姨夫，曾在家教她识字，用毛笔蘸水在八仙桌上写字，教她认，她也能认下一些。四姨夫爱给孩子讲故事，讲时秀英也在一旁静静地听。四姨夫给孩子讲过二十四孝的故事，什么江革行佣供母、王祥卧冰求鲤等，她也能记个差不离，能领会其中的意思。

　　四姨和我母亲走得近，常到我们家来，四姨来时都带着秀英，一住就是十天半个月。秀英比我小一二岁，是我表妹。来时我们就在一起玩，也结下了儿时的友谊。我是表妹的"保护神"，谁敢欺负我表妹，我决不饶他！我母亲也很喜欢我这个表妹。虽然年纪不大，却知道孝敬老人，帮大人做事，虽然有时候干不到点子上，但是她的老实、厚道、勤快，老人们都看在眼里。

一年开春，四姨和秀英又来我家。河里的冰开化了，河边的柳树发绿了，太阳底下暖洋洋的。母亲和四姨在我家堂屋后面的院子里边晒着太阳边做针线活，我和秀英在一棵老枣树下玩耍。母亲对四姨说的一番话，我听得真真亮亮的。母亲说："别看秀英这孩子傻，但比你那几个孩子都孝顺，你老的那一天，别的孩子都指不上，秀英能帮你。"四姨点点头。母亲说这些话自有根据。古人常说，三岁看到老。秀英虽憨一些，但自小就知道孝敬父母。"三年困难时期"，家家挨饿，村里成立了"幼稚班"，把孩子们集中管理。孩子们是祖国的花朵，自然受到优待，伙食也好一些，经常能吃到细粮，间或还会改善生活。一次幼稚班伙房"过油"，吃油炸食品，每个孩子分得一根油条、两个炸三角，别的孩子一股脑儿自个儿吃完，唯有秀英用手举着送回家给我四姨四姨夫吃。带油的食品贴近衣服，把衣服上弄得油脂麻花的。回到家，四姨看她弄脏了衣服，伸手要打她，却看到了她手中的食物。秀英只说了两个字："妈，给！"四姨放下打她的手，接过油条和三角放到桌子上，说了一声"傻孩子"，就抱着秀英痛哭起来。

冬天农闲，四姨带秀英在我家住的时间长，夜里天冷，为了睡时被窝暖和，我母亲在四姨和秀英睡觉前，都在煤火台炕洞里烧一块热石头，用布包了放到被窝里。这样，等她们去睡时被窝就暖融融的。我也享受这样的待遇，但家来客人时，客人优先。有时或因煤火不旺，石头没有烧热，或忘记了烧石头，秀英就先到四姨的被窝里去睡，把被窝焐热了，秀英就爬起来拉四姨去睡觉，说："妈，睡！"我母亲羡慕地对四姨说："她四姨，你养了一个好闺女！"

说不好是有幸还是不幸，我母亲的话最终得到验证。四姨四姨夫因家境困顿，一生劳苦，在年老时得到秀英的帮助最多。三个儿子各过各的日子，自个儿都顾不过来。大闺女是个孝顺闺女，但结婚早生孩子多，自个儿家已够忙活，偶尔回娘家帮四姨洗洗涮涮，也是来去匆匆。唯有秀英常年在父母身边照顾老人，家里、地里出了不少力，虽然干不了细活，但干粗活脏活舍得用力气。后来寻了人家成了亲后，也常来帮四姨四姨夫干活，家中盖那几座房，她可没少出力气。后来四姨四姨夫为还"饥荒"外出捡垃圾，秀英帮助分类、归堆，有时也随着去捡拾。四姨捡垃圾腰酸了背疼了，秀英就给她捶腿

/101

捶背。这些我都是听我妹妹讲的,我妹妹在我妈去世后,常去看苦命的四姨,她亲眼看到了这一切。

秀英后来成了家,丈夫年纪比她大许多,是个老实巴交的庄稼汉,知道秀英品行好,对她疼爱有加。秀英怀头一胎孩子临产时,上农村的厕所,不小心把孩子生在了茅坑里,没有保住小生命,秀英好一顿痛哭。后来她又生了一儿一女,都健康活泼。村里人说:"儿女双全是上天对她孝敬老人的回报。"

从秀英孝顺老人这件事,我明白一个道埋:孝顺个孝顺老人,和贫富没有关系,和聪明与呆傻也没有关系,而是完全取决于一个人的品性。我表妹智障却知道孝顺父母,相信这样的事例并非绝无仅有。

表叔拐天义

"拐天义"姓殷,名天义,大号殷大义。他是真正的拐子,小儿麻痹,双腿细软不能着地,完全靠双拐支撑。两臂两手也细小,不能用力。两只像小孩似的手拿不住什么东西,勉强能接过钱,放在一只大蓝花瓷碗里。但脑袋大大的,眼睛亮亮的,显示着生命的存在和活力。村里人背后叫他"拐天义",当面则按辈分叫他天义爷、天义叔、天义哥,很是恭敬。

我称拐天义"天义叔",是因为我们两家沾老亲,他和我父亲平辈。拐天义住东村,和我大姨家邻居,和我大姐家后院接后院,因此我常去他家。有一段时间我去外村上学,从这街到那街,就从他家穿过。最深刻的印象是,拐天义家的院子里总有一地鸡毛。

鸡毛何来?原来拐天义开着一个卤锅,每天卤了烧鸡来卖。他有一锅不知哪辈子传下来的老汤,有一手不知从哪里学来的技艺,卤出的烧鸡味美可口,堪与滑县道口烧鸡媲美,吸引不少人来买。虽然门口没有招牌,烧鸡也没有名号,但生意还是兴隆的,天天一地鸡毛便是证明。在割资本主义尾巴的年代,拐天义的卤锅能存在,一是他是残疾人,你端掉他的卤锅,他靠什么吃喝生存?二是村里的干部有需求。开会开到半夜,干部们饥了、困了,或者想喝口酒了,主事者会说:"去拐天义那里掂只烧鸡!"噔噔噔,便有人奔跑而去,奔跑而归,钱先赊着,吃了烧鸡再说。因此,在一次次割资本主义尾巴的夹缝中,拐天义的卤锅存留下来,年复一年地在村中飘香。

有读者会问:拐天义严重残疾,四肢不全,手无缚鸡之力,如何照料卤锅?谁来帮他?当然得有人帮,帮他的是巧珍娘母女俩。母女俩是安徽凤阳人,有一天要饭要到拐天义家门口,拐天义看她们怪可怜的,便收留下来。娘俩千恩万谢,发誓当牛做马也要报答他的大德大恩。住下来之后,我大姨看拐天义和巧珍娘处得不错,都是苦命人,有意给他们撮合秦晋,巧珍娘愿意,拐天义却死活不干,大脑袋摇得像拨浪鼓:"不中,不中!我一个残废不能拖累人家一辈子!"夫妻终没结成,但拐天义和巧珍娘之间的情感却一天天浓密，过起了不是夫妻胜似夫妻的日子。巧珍娘和巧珍成了拐天义生活和生意的好帮手，拐天义每天只干三件事：挂着双拐站到院子里收鸡，他瞟一眼就知道一只活鸡的分量，估摸得比上秤称还准；告诉母女俩如何投料，如何掌握火候；用不灵便的小手，颤颤抖抖地收钱。巧珍娘里里外外忙活，巧珍打打下手。三口之家，小日子过得不错，小生意做得也很红火。但是若干年下来，似乎也没挣什么钱，拐天义一件新衣也没添过，巧珍娘俩穿着也很朴素，日常三餐不过粗茶淡饭而已。买活鸡卖卤鸡，日子就这样一天天过下去。突然有一天上级号召抓地下钱庄，说有人放高利贷破坏农村经济，不知谁说拐天义借钱给别人，应当查一查。结果从拐天义家查出一个账本，上面有七八十笔账，都是拐天义借钱给别人家的记录，有的已是陈年老账。不过，拐天义没要过一分利息，也没有催借的人还过，纯粹是积德行善之举。多少村人靠这钱度过饥荒，解了燃眉之急。消息传出，许多村人方知拐天义省吃俭用，是为了周济别人，感动得流下热泪。也知道拐天义卖卤鸡挣了不少钱，是村中的富户。

人怕出名猪怕壮，一日外村几个泼皮慕拐天义富名而来，想抢几个钱花花。趁巧珍娘外出，闯进家来，把拐天义绑在椅子上，四处翻钱。正翻腾间，一人来送鸡，隔窗看见拐天义使眼色，立即奔跑出去叫人。正在附近地里干活的村人，拿着家伙什赶来，百十人把拐天义的堂屋围得像铁桶一般，喊声如雷震。泼皮们想拿拐天义做人质进行顽抗。村民们一起发喊："龟孙们听着，你们敢动拐天义一根汗毛，今天就生生剥了你们的皮！"泼皮们吓坏了，赶快把拐天义身上的绳子解开，扶他坐稳到椅子上，几个跪下倒头便拜，头像捣蒜一样："拐爷爷饶命！拐爷爷饶命！"最后，还是拐天义发话，这几个泼皮才得以全命脱身，兔子一般撒腿而逃。从此之后，无论白天黑夜，拐天义家绝对安全，小偷、强盗再没有光顾过。

拐天义一辈子没结婚，也没有一儿半女，待巧珍就像亲生女儿，供她上学到高中毕业。出嫁时陪嫁丰厚，当时流行的自行车、手表、缝纫机三样齐全，请木匠做了一个月的陪送家具，被褥四铺四盖，让村里的姑娘媳妇们羡慕不已。上轿前，巧珍跪在拐天义面前大哭："爹，巧珍舍不得离开爹呀！"拐天义明亮的眼睛里也闪着莹莹泪光。

拐天义活到七十多岁，是在我当兵后去世的。听说他去世前办了三件事：一是让巧珍娘烧了村里人向他借钱的账簿；二是留下遗嘱，把房屋宅院等全部家产给了巧珍娘；三是把那锅卤鸡的老汤，送给了本村同是残疾人的拐国。

第三辑　众乡邻

全村姓杂，人人呼之明云爷，

这就不是辈分问题，而是他在人们心中的位置，

喊"爷"，其中包含着几分敬意。

"老拐"老师

老拐老师是我上学时最怕的老师，也是我现在最想念的老师。老拐老师姓殷，我叫不上他的名字，或者根本就不知道他的名字。他在场时，我们称他老师，他不在场时，学生叫他老拐老师，村里人叫他老拐。老拐老师是残疾人，不是腿拐，而是下肢瘫痪，根本不能用腿行走。行走时两腿着地，为帮助上身前行，两手各拿一个农村缠线用的木拐子做支撑。老拐的名字由此而来。他用这种方式走路，速度比常人慢，也比常人费更多的气力。虽然慢，虽然行动不便，但全学校的学生都害怕他。他让谁站住，谁就像被定住了一样。连村里的吃奶孩子都怕他，哭闹时，大人吓唬说"老拐来啦！"，立马乖乖地停止了哭闹。

一个残疾人为何能有这么大的威慑力？皆因老拐老师很会也很能体罚学生。他手中的槐木拐子就是体罚学生的秘密武器，平常助己行路，体罚学生时是打人的家伙什。他对学生的体罚就是一个字：打！该出手时就出手，一点儿都不含糊。他打人有诀窍，用"稳""准""狠"三字可以概括。稳，就是先把你稳住，叫你毫无防备，这是突然袭击的前奏。准，就是打你哭爹叫娘的关键部位。狠，就是用力猛，能打你一个跟头，打你一拐子，叫你记住一辈子。学校里被他打过的学生不在少数。不过，老拐老师打人也有"规矩"，有"三打三不打"之说，即：能学习好却不用功的打，品行不端的打，自己不学还去影响别人的打；女孩子不打，脑子笨智商差的不打，上学晚基础差的不打。

因为老拐老师爱打人会打人，他上课没人敢说一句话，地上掉根针都能听得见。他布置的作业，没有谁敢不按时完成。谁若不信，想试一试，那肯定会尝尝"槐木拐子炖肉"的滋味。

我在这方面体会尤多。我上小学时，老拐老师已五十多岁年纪，和我父亲相仿。俩人关系很好，不知哪一辈子还沾点老亲。原想他会拐下留情，没想到出手更狠，打得更欢。一次背乘法口诀我没有按时背会，他把我叫出来"单练"，连背三遍越背越乱。他用双拐撑地，

有威慑力的老拐老师

老拐老师是残疾人,不是腿拐,而是下肢瘫痪,根本不能用腿行走。行走时两腿着地,为帮助上身前行,两手各拿一个农村缠线用的木拐子做支撑。"老拐"的名字由此而来。他用这种方式走路,速度比常人慢,也比常人费更多的气力。虽然慢,虽然行动不便,但全学校的学生都害怕他。

瞪着眼围我转了三圈,突然一拐下来,打了我一个跟头,疼得我爹呀娘呀地大哭起来。回到家又疼哭了大半夜,哭哭背背,背背哭哭,把乘法口诀背了下来,到现在也没敢忘记。有一段时间,我做作业不认真。一天,他拿着我的作业本来找我:"来,来,看看你写的。"我看他和蔼可亲,就放松了警惕,弯下腰面向坐着的他。哪料想他一个猛虎扑食,一把拧住了我的脸蛋。妈呀,疼得我满眼生泪,从此之后,做作业再也不敢马虎。还有,我从小养成了用左手拿筷子、用左手写字的习惯,家里天天管也改不过来,父亲就让老拐老师管我。他说了几次。我左手写字如故。那一天我在课堂上用左手写作业,他悄悄过来,一拐打在我的左手上,我疼得哭了,左手一拿笔就哆嗦,用右手写字至今。

老拐老师体罚学生,学生没人敢吭声,倒是别的老师给他提意见,一是觉得他打人有点过,二是他管得严,班里学习成绩好,排在其他老师前面。老拐老师对别人的意见不以为然:"咋啦,当老师就得敢管,严是爱,松是害!""他们父母辛辛苦苦在地里刨食供他们上学,不好好学就是不中!""小树不柯(修理)长不大,学生不打不成材!"

/115

整顿校风时,有人把他打学生的事告到乡里。乡长说他他不服,两人顶了牛。乡长说:"你不表示改正就是不能走!"老拐老师说:"不走就不走,你管饭就中!"正僵持间,只见村里一群人闹哄哄拥了进来,还抬来一顶花轿,为首的大喊:"我们来接老拐来啦!"乡长说:"他打学生不认错不能走!"村民齐声说:"我们让他打的,小孩子三天不打上房揭瓦!"乡长说:"文件规定不准体罚学生!"一个村民说:"老拐不会'剃发',就会教书!"乡长哭笑不得,只好让村民们用花轿把老拐抬了去。回去以后,老拐老师有所收敛,不久又故态复萌,学校领导也睁一只眼闭一只眼由他而去。

后来我才知道,老拐老师有打学生"特长",却无打学生的"爱好"。他打学生,很大程度上是学生家长指使的。老拐老师解放前就靠教书谋生,严师出高徒,教出了不少有出息的学生,因为瘫痪行走不便,常常追不上学生,气急时偶有打几下之举,效果很奏效。解放后仍然教书,也知道新社会不准体罚学生,但家长不依,他们说:"老拐,孩子就交给你了,你可别日哄,不听话,就打他!"渐渐地,老拐老师"剃发"学生出了名。他每次打了学生,都让人给学生家长捎口信,告知打了,因何打了。从没有一个学生家长因为孩子挨打的事去找过老拐老师和校长。

后来我还知道,老拐老师在我们村威信极高。他写一手好字,正宗颜体,我们学校的校名就出自他手。十里八村乡亲,因红白喜事、过节迎新、盖房架屋,找其讨字,没有一个不满足的,且从不收"润笔",强留下的也必送回。常说乡亲谋生不易,我写字如囊中探物,安有收钱之理!求字只需你买纸研墨,帮扶他在高椅上坐稳即可。只见他闭目沉思,猛睁眼运笔如风一挥而就,如大将军舞剑戟酣畅淋漓。讨字者过意不去送给他一些好的吃食,他欣然收下,一则残疾人做饭不便,二则堂上有八十多岁老娘,收下来让老娘享享口福。

说到老娘,老拐老师是出了名的孝子。母子相依为命,艰难度日。老拐老师原是有妻子的,因为妻子对老娘不够"和气",他决然休妻,且从此不娶。他一个"半截子"残疾人,行动何其不便,在地上挪来挪去,给娘洗衣,给娘做饭,给娘端屎端尿,既让人心酸,又让人敬佩。街坊邻里受到感动,隔三岔五来帮他干活,他的日子才不那么狼狈不堪。在把乡亲们的情义记在心上的同时,他的肩上也增加了沉甸甸的责任,那责任又化作槐木拐子上的无穷力量。

多年后我和小学同学相聚，说到老拐老师，大家都说："被老拐老师打过的学生都有出息。没被打过的学生当年很是庆幸，现在却有些后悔。"

如果老拐老师现在还活着，该有一百多岁了。他是我当兵离村的第三年去世的。他安葬罢老娘，被一口馍呛着"没上来气"撒手人寰。临了没遭什么罪，应是寿终正寝。

末有爷

末有爷大名邓元有,他家和我家门对门,中间只隔一条街路。邓宅坐北朝南,我家坐南朝北,正好面对面。我父亲是木匠,末有爷是铁匠,可谓"门当户对"。同中也有不同,我家人口多,末有爷家人口少,只有他和老伴两口子。我家人常到末有爷家去,吃饭端碗就到了他家,他家人很少到我家里来,末有爷忙于打铁为生,他老伴个低脚小,走路不便。我家宅院规整,是我父母花八斗麦子从一户人家买到的三间头院落,末有爷家的院落是祖传下来的,像个菜刀形,不怎么规整。宅院原本是规整的,五间头,前后通长,但父母在世时,给他哥俩分了家,就弄成了菜刀形。他哥的院落也是菜刀形。末有爷的"菜刀"刀把朝外,他哥的"菜刀"刀把朝里,两个宅院互相交错。好好的院落为什么分成这个样子?其间也包含父母的苦心,显得绝对公平。老人没有偏谁向谁，兄弟俩也没有谁占便宜，所谓肥瘦均沾是也。这样的后果，就是我们去末有爷家串门时，进门后要走过一个长长的"刀把"，然后才别有洞天。刀体部分是五间头，很宽敞。院里有两座房，西厢房三间，住人，北侧一座房二间，三面有房，南面洞开，支着铁匠炉，那全村人熟悉的叮叮当当打铁声，就是由这里传递出来。

末有爷名叫邓元有，怎么叫成末有？村人有两种说法。一是说他侄儿邓来从陕西白水给他寄信，写信封的人字迹潦草，邮递员把"元有"看成了"末有"，在村中到处喊"邓末有"收信，结果没人应声，打开一看，才知写给邓元有的，众人哈哈大笑，从此"元有"就成了"末有"。二是说，父母生他们兄弟三个，老大早夭，后又生老二、老三，元有是老三，是最后一个，故名"末有"。是不是这样，终不得而知。末有爷对此毫不在意，同辈人叫他"末有"，后辈人叫他"末有爷"，他都朗声答应。渐渐地，人们把他的大名淡忘了。我所以牢牢记住"邓元有"这个名字，是因为我曾代笔给其在陕西白水的侄儿写信。末有爷无儿无女，亲戚也很少，唯一牵挂的就是这个侄儿。哥哥已经过世，哥哥的儿子还流落在他乡，这成了末有爷的一块心病。民国三十一年

完美主义者末有爷

末有爷打铁,不仅舍得花力气,还很注重工艺,讲究质量,而且他还是一个完美主义者,讲究形美悦目。哪怕是最简单的东西,他都要几经淬火,使铁物件闪放着蓝格盈盈的光芒。每一件铁器上,他都要打上『邓元有』这个名字,以示负责,同时也是一种自信。

（1942），河南遭大灾，饿殍遍地，末有爷的父母宁可自己饿死，也要保两个儿子活命，把仅有的粮食烙成烧饼，用绳子穿着背在儿子身上，好让他们外出逃荒。父母在饿死前给他们哥俩分了家，拉着手给他们交代：这里是咱们的根，无论逃到哪里，等年景好了，都要回来。草草殓葬了父母，兄弟抱头痛哭之后，哥哥长有跟人向西逃命，弟弟末有跟人向南逃命，兵荒马乱，灾害频仍，此一别今后能否相见不得而知，临别时兄弟俩又是一顿抱头痛哭。长有向西逃荒要饭而去，一路到了陕西白水，生活稳定后在那里娶妻生子，有了儿子邓来。末有一路逃荒向南，沿京广铁路线到了许昌，几经辗转衣食无着，凭一身力气到铁匠铺当了学徒。当学徒受的苦一言难尽，好在末有熬过来了，还学会了打铁技艺，谋到了生活手段。攒了几个钱之后，娶了也是逃荒外地的一个女人为妻，顶门立户过起了日子。1949年后天下大定，末有爷谨记父母的教诲，携妻回到了老家，又上铁匠炉，以打铁谋生，成了十里八村有名的铁匠。

我了解末有爷家的情况较多，不仅是住在对门，还因为两家沾点老亲。从我记事起，我母亲就让我称末有爷的老伴为"姥妗"，照此论，应该称末有爷"姥舅"

才对，但没有人这样教我，寻常里均用"末有爷"相称。我家和末有爷家关系好，还因为我父亲在给别人盖房时要用铁器一类制品，就介绍主家到末有爷这里订制。一般来说，农村谁家需要铁器制品，比如种地用的镢头、镰刀等，比如盖房用的钯钉、钯具等，都是事先订制，讲好价钱和取货时间，取走物件时钱物两清。末有爷打铁，不仅舍得花力气，还很注重工艺，讲究质量，而且他还是一个完美主义者，讲究形美悦目。哪怕是最简单的东西，他都要几经淬火，使铁物件闪放着蓝格盈盈的光芒。每一件铁器上，他都要打上"邓元有"这个名字，以示负责，同时也是一种自信。因为太"精雕细刻"，先后有几个徒弟被他赶走了，徒弟们说末有爷"苛刻"，末有爷说他们"尽想着哄人"。没有徒弟相帮，铁匠炉照样开下去，因为末有爷人缘好，家中来人多，半条街的人都给他搭过手，他叮叮当当地听着锤指挥，你挥锤照着铁块上砸就是。这时候，末有爷俨然就是乐队指挥，指挥着一支雄壮的交响曲，他既是指挥员，又是战斗员，红红的炉火，烧得通红的铁块，末有爷古铜色的皮肤，以及蓝帆布做成的围裙，构成一幅美丽的画图。在我的记忆中，这样的画图常常闪现，因为我也曾挥舞过铁锤，在铁锤和铁砧的敲击声中挥汗劳作过。

末有爷制造铁器讲究质量，收起钱来也不含糊。他从来都是"一口价"，说收多少就是多少，不打折、不免单，亲戚朋友也不例外。若干年下来，应该攒了不少钱，但手中依然抠得很紧，像一个"铁公鸡"。对末有爷对金钱的看重，人们议论不一。有的表示理解。俗话说养儿防老积谷防饥，末有爷两口子没有儿女，将来老了怎么办？你手中没把米，鸡都不理你；到老了手中没有钱，谁侍候你？有的人嫌末有爷抠得太死，说攒的钱够花几辈了，要那么些钱有什么用？也有人气得直骂：挣那么多钱，要带到棺材里去吗？在人们的议论声中，末有爷一天天变老了，过去精干的身子现在也佝偻下来，不复当年的威武。改革开放开始那年，末有爷已有七十多岁了，市场流通给家庭作坊带来不小的冲击，铁匠炉存在不下去，炉中的火渐渐熄灭了。

关掉铁匠炉那一年，末有爷身体大不如从前，他让老伴烙一些烧饼装在面口袋里，自己背着口袋坐火车去了一趟陕西白水。从白水回来一年多，末有爷就去世了。侄儿邓来带全家人回来奔丧，人们才知道末有爷把多年来积攒的钱送给邓来一半，让他还掉债务、安顿家小并

/125

作为盘缠，带家小回原籍落户。安葬完叔叔，邓来就带全家住了下来。此时邓来家祖宅的房子已经倒塌，末有奶年迈多病，邓来两口子住在西厢房照顾老人，把原先放铁匠炉的房间修缮之后，让子女们安身。全家人对老人极尽孝顺，渐渐地，老人不能行走，邓来就天天背着她出来晒太阳。老人临去世时，按照末有爷的交代，把家中全部积蓄的另一半交给邓来，断断续续地说："你爷爷奶奶让后人叶落归根，你末有叔最大的心愿就是把你们接回来。这钱你用来盖房，把两个刀把打通，盖一栋敞敞亮亮的五间头街房，让孩子们有个遮风挡雨安身立命的地方。"说罢，老人溘然长逝。一年之后，邓来在老宅建起一栋五间的新街房，这在当时的村中成为耀眼的一景。

这里还有一件事要特别交代：末有爷家右侧是我伯父家，伯父家住的是我家的老宅，不知何因，原本四合院的宅基地缺失上房一块，很不规整。而这块地又和末有爷宅基地相连，归末有爷家所有。我堂哥早就想让末有爷把这块地让给他，使自家宅基地完整。堂哥托我父亲去找末有爷说合，末有爷几次都没吐口。但他在去世前，却主动了却了这件事。他对我父亲说："这块地对我没啥用,却能使你哥家院落完整。"我父亲问:"得多少钱?"末有爷眼一瞪说:"我就那么看重钱吗?"最后以极廉的价格议定过户。由此可见,末有爷宅心仁厚,绝非是唯钱是图之人。

士振爷

士振爷姓邓,我姓樊,本无辈分之论,但我父亲让我称之为爷。一则可能是因为他年纪大,我记得当时他已六十余岁。二则是沾点儿什么亲,长年在一块地方生息、繁衍,乡亲们都沾点儿七拐八弯的亲。这样也好,互相之间总得称点儿什么,没有规矩就乱了方寸。

士振爷士振奶就住在我家斜对面的胡同里,那个胡同很深,给人有"胡同深深深几许"之感。胡同尽头是一个门楼,进了门左侧有一座两间旧草房,很是破旧。老两口就住在这座破旧房子里。两间房子相通,一间放柴草,一间是一个灶台、一个破桌子,一张用木板搭起来的床。两个老人就生活在这样的空间里,孤苦无助,生活贫困,是村里的贫困户。解放多年了,乡亲们的生活大都得到改善,士振爷两口子却依然如故,很让人同情和可怜。

士振爷穿着破烂，冬天破棉袄上扎一根草绳，戴一顶"抹捂帽"，就是用毡制的一种帽子，像个长方形的筒状，戴到头上往下一拉，只露两只眼睛。脚上也是旧棉鞋，走起路来不跟脚，拖拖拉拉地走。看他这个形态，我就想起了《白毛女》中的杨白劳的形象，只不过是没人逼债，没人抢女儿喜儿罢了。

士振爷如此穷困，是有原因的。我知道的原因是，士振爷年纪大了，不会什么手艺，只会放羊，放羊工分不高，士振爷又常年多病，不仅干不了活，每年还要花不少钱去抓药。而他们又是从陕西武功迁过来的，没在村里入"五保户"，得不到特殊照顾。士振爷的老家到底在哪里，为什么去了武功又迁回来，这在我心中是一个谜团。后来父亲告诉我，这才知道其中的缘由和致贫的真正原因。再后来，由于父母常让我给士振爷家送吃的用的，断断续续地，士振爷给我讲了一些事情的经过。再后来代笔帮士振爷写信，我就知道了全部事情的根由。士振爷士振奶的经历，真是人间的一出悲剧。

士振爷家原籍就在我们村，不过，他的家本不在我家斜对门的胡同里，而是在村西头的西小庄，那里聚集着几户邓姓人家。士振爷原本有一个不错的家庭，两口子带一个儿子过日子,家里三个人手劳动,又种着几亩薄地,说不上富裕但也不特别贫穷。快解放那年,我们那里闹了灾荒,兵荒马乱,儿子正值成年,为了躲避抓壮丁,一家三口决定去陕西武功投奔孩子的舅舅。孩子的舅舅是民国三十年(1941)逃到武功去的,在那里安了家。来信说陕西地广人稀,好讨生活,士振爷动了心,他变卖了房地等家产,把一笔现钱缠在腰上,就带全家上了路。从历史上看,河南人逃荒或出走都爱往西去,山西人爱往内蒙那边跑,山东人自然是闯关东,这除了地缘的因素,还因为亲情所致。第一批人过去了,又招引了第二批,如此滚雪球就扩大了阵势,形成了固定路线。河南人一路向西是有传统的,故而陕西、甘肃,甚至是新疆的乌鲁木齐,河南人很多。

士振爷一家三口怀着对美好生活的憧憬,一路兴冲冲奔西而去,他们的目标是到陕西武功和亲友会合安家落户。然而,天有不测风云,人有旦夕祸福,怕什么来什么,在陕西潼关住店时,儿子被国民党军队抓了壮丁。看到儿子被绑走,士振爷两口子心如刀割,跪地叩求也无济于事。把身上所有的钱送给一个看模样是个当官的,央求把儿子放了。答应是答应了,但开拔号响过儿子也没有回来。部队开拔到哪里去了,他们也不知道。身上的钱没了,一路要饭到了陕西武功。家是安下了,但两口子的心没了,儿子是母亲的心头肉,是全家的希望。妻子由此落下了心痛病,士振爷也失去了生活的目标,两人唯一的念头是找回儿子,或者知道儿子在哪里,是死是活。为了怕儿子回到抓壮丁的地方找他们,两人还到潼关打工要饭,在儿子被抓走的地方伫立等待,结果是杳无音讯。

时光轮转,很快到了1949年后,社会生活发生了巨变,士振爷也感受到了新社会的温暖,但他们的心思仍在寻找儿子身上,活要见人,死要见尸,儿子到哪里去了呢?一个极其偶然的机会,村里一个到武功来寻亲的乡亲,告诉士振爷,说临解放那阵,他儿子曾经往村里来过一封信,打听父母的下落,说他被国民党军队抓了壮丁之后一路向南,被溃败的军队裹挟着到了台湾。他现在台湾一个叫嘉义的地方谋生,转告父母一定要在老家等他,他一定会回来叩见父母。听到儿子有下落了,士振爷两口子老泪纵横,随即辞别挽留他们的乡亲,急忙向家乡赶来。因为儿子在信中说了,让父母在老家等他,他们要赶回家迎接儿子的归来。

士振爷到了老家之后，已是房无一间地无一垄，只好投靠住在我家对门的末有爷，末有爷姓邓，他们是本家，没出五服。经末有爷介绍，借住在别人家位于胡同深处的破草房子里。士振爷虽然没有什么手艺，但他会放羊。在陕西的岁月里，他常年给人放羊，成了有名的"羊倌"。我们队正好有一群羊没人放，士振爷就接过放羊鞭，干起了这个熟悉的营生。生产队的羊圈，离我们家不远，我常常看见他赶着羊群进进出出。他像一个将军，管理着一群步伐一致的士兵。当羊在路旁河边吃草时，士振爷常常手搭凉棚向远处瞭望，那是盼望远方的儿子早日归来。不放羊时，他会搀扶着妻子走到胡同口来，伸长脖子向村口眺望。

"文化大革命"那阵，凡家里有境外关系的都会受到牵连，因此，有海外关系的都尽量回避。士振爷则不然，他到处说儿子在台湾，在村里说，在公社说，在县里也这么说，难道他疯了吗？不，他之所以这样，就是为了扩大影响，让更多的人知道儿子在台湾，也好获取更多的寻找线索。好在他家的情况大家都了解，儿子是被抓壮丁抓走的，并非自愿，没和我军打过仗，也没有做过坏事。从根上说，儿子被抓是旧社会带来的灾难，士振爷也是受害者。他的良苦用心大家也都知道。因此，没什么人为难他，再说他一个放羊老汉，你能把他怎么样呢？因此，儿子在台湾这件事，并没有给士振爷带来什么灾难，人们反而知道村里有这么一个痴心老汉，一辈子都在为寻找儿子而奔波。

改革开放之后，两岸关系渐渐解冻，开始实行"三通"，士振爷又看到了希望，他这时已经八十多岁了，老两口盼儿之心更切。我上大学回去探家时，他找我给台湾嘉义写信，因为不知具体地址和门牌号，只能写嘉义市邓光玉收。邓光玉是士振爷儿子的名字，这个名字在他心中念了半辈子，一刻都没有忘记过。渐渐地，士振爷两口耳也聋了，眼也花了，对世事已很漠然，唯有讲到儿子名字时，眼睛里才有光亮。他们每次见到我，都向我打听，因为怕士振爷在农村接信不便，我在信中也留下了我的地址。士振爷每次看见我，眼睛里都升起亮光，但当我摇摇头时，他眼中的光焰就熄灭下去。说实在的，我每次都怕见到士振爷，怕看到他那空洞失望的眼神。那眼神刺得你心疼。

1983年1月，我由部队转业到吉林省工作，回乡探望母亲时，问起士振爷两口的情况。我母亲说：你士振爷两口都殁了。母亲告诉我，去年冬天快过年时，天气奇冷，士振爷在屋里拢火取暖，两口子打盹睡着了，火堆蔓延开来，把房子点着了，人也烧在里面，最终没有救出来。也有人说：是士振爷寻不到儿子绝望了，两口子燃火自焚，以此种方式告别了这个他们不再留恋的人世间。

明云爷

随着年龄的增长，越来越爱回忆往事。连做的梦中，也多是过去的事和过去的人。这不，今天早上将要醒时，就梦见了明云爷——一个名不见经传的基层工作干部、已去世四十多年的老辈乡亲。画面很简单，一个熟悉的身影正要迈过门槛，我在后面追上去，说："明云爷等一下，我给你说个事！"结果是他走了，我却从梦中醒来，想起了关于他的许多往事。

明云爷虽然被称为"爷"，但年龄并不大。我十多岁时，他就五十多岁，没有我父亲年纪大。为何村里人称其为"爷"，就是因为他辈分高，农村喜欢论辈分，他这个爷当之无愧。然而，全村姓杂，人人呼之明云爷，这就不是辈分问题，而是他在人们心中的位置，喊"爷"，其中包含着几分敬意。

明云爷出身贫寒，共产党领导闹土改时参加的革命，小小年纪就成了革命一分子，在我们那里是个颇有资格的老干部。但不知是他"命运"不好，或是文化程度低，或是思想觉悟不高，一起参加革命的人有的当上了公社书记、局长，有的还进城当了大官，他却一直是一名公社一般干部。公社书记像割韭菜一样换了一茬又一茬，他却依然故我，仍是一名普通办事员。不过，据我观察，历任公社书记和公社干部都很尊重他，一是资格老，二是威信高，执行急难险重任务绝不含糊，而且有一个好人缘。

明云爷个头不高，体型偏胖，是乡村少有的胖人，红脸膛，花白头发，慈眉善目，笑的时候居多，发怒的时候也是笑模样，所以，村里人都不怕他。他是个大嗓门，口头语是"入娘"，张口闭口"入娘"的，因为辈分高，说粗话无人计较，而且听起来颇亲切，一下子拉近了和乡亲们的距离。他是从我们村子里走出去的"大官"，在管辖我们的公社里一干就是几十年。村子离公社两里多地，谁家有什么事就去找他，孩子上学，"割资本主义尾巴"被扣了什么农产品，谁家的孩子想去当兵，谁有病了想去住院，去外面跑买卖开个证明，但凡去公社办事，没有不去找他的。乡亲们公用的一句话是"找明云爷去！"。乡亲们到公社所在的镇子上办事路过公社门口，也要找明云爷谝几句。但凡乡亲们托办的事，明云爷没有一件不管的，实在办不成的，他也解释清楚。如果去找他的人赶上饭口，公社干部们正在院子里吃饭，他就到伙房打饭，让乡亲们吃饱了再说事。公社吃的是干部灶，伙食自然好一些，能美美吃上一顿，谁个心里不欢喜！但村里人一般都不愿意吃，怕给明云爷添麻烦。我在高中上学期间，曾去公社找明云爷办一件事，是我父亲让我去的，具体是什么事我已记不清了。进了公社门，正赶上开饭，明云爷拉我到灶上盛了一碗肉菜，抓了两个杠子馍，我心里想吃，嘴上却说："我在学校吃过了。"明云爷说："入娘，小伙子正是长身体的时候，过门槛吃三碗，赶紧吃！"由于乡亲们常常到伙上吃饭，有的干部有意见，开展批评与自我批评时给明云爷指了出来。明云爷不服，吃午饭时当众骂了一通："入娘，让乡亲们吃碗饭咋啦！咱们吃的饭不是乡亲们交的公粮，咱们天天吃，人家吃一碗都不中？以后谁来吃饭记我账上，从我工资口粮上扣！谁要再为这件事放闲屁，休怪老子不客气！"他这一顿"入娘"，谁也不好再说什么了。

明云爷离开村子到公社工作几十年，但他的根在村里，影子在村里，他是村子里最有威信的人，他也以特有的方式呵护着乡亲们。一次，村里的长庆为翻修房屋砍了公路旁的两棵杨树，公社书记气坏了，让派出所来抓人，还说要判刑。派出所的人不认识长庆，就让明云爷领他们来。一见长庆，明云爷上去就是两耳光，仿佛不解气，又踹了两脚，边打边骂："入你娘，还不赶快跪下给所长求饶，不认错就带你到派出所吃窝窝头！"长庆"扑通"一声跪到地下求饶，说再也不敢了，头叩得像捣蒜一般。明云爷又从衣袋里抽出二十元钱，说："这钱借给你赔偿国家损失！"长庆接过钱来递给派出所来的人，直呼饶命。如此这般，人打也打了，骂也骂了，该赔的也赔了，长庆才躲过一劫。从此，村里沿公路旁的白杨再没少一棵。就是这样，明云爷在乡亲们中间一点一滴地树立了威信。谁家因猪拱鸡啄产生了矛盾，或因宅基地边界不清产生了纠葛，大家都说："找明云爷去！"明云爷往那里一站，矛盾双方说："就按明云爷说的办！"没有不服判的，没有平息后再起纠纷的。连小孩有了争执，也都说咱找明云爷评理去！明云爷的一个外号叫"孩子王"，他爱和村子里的孩子们打闹，凡回

有威信的明云爷

就是这样,明云爷在乡亲们中间一点一滴地树立了威信。谁家因猪拱鸡啄产生了矛盾,或因宅基地边界不清产生了纠葛,大家都说:"找明云爷去!"明云爷往那里一站,矛盾双方说:"就按明云爷说的办!"没有不服判的,没有平息后再起纠纷的。连小孩有了争执,也都说咱找明云爷评理去!

村时，干部服的下兜里都揣一些糖块，是红红绿绿那种三角形硬糖，不论见了谁家孩子都抓几块放你手里。你吃糖时，他就揪揪你耳朵，刮刮你鼻子，问你学习成绩好不好？说："不好好学习，爷下次就不带糖给你们啦。"我少儿时总围着明云爷转，现在舌头上还有甜甜的记忆。

明云爷和明云奶虽是包办婚姻，但感情深厚，"遗憾"的是一连生了好几个姑娘：荷仙、荷花、荷塘，一水的女孩子，传宗接代思想严重的明云爷和明云奶坚持"持久战"，终于如愿以偿，最后生了一个男孩子，举家欢腾。好在那时尚未实行计划生育，不违背国家政策。深刻理解农民心理的明云爷，坚持不抓计划生育工作，他说："要钱要粮的事我干，要命的事我不干。"因为资格老，公社领导也不为难他。一次，我们村清长媳妇因为没生男孩，坚决不去结扎，成了"钉子户"，向上面没法交代。驻村干部找明云爷做工作，被逼无奈，明云爷只好硬着头皮去劝说。也还真灵，开始清长媳妇像被杀一样乱叫，到了结扎室却不再言语。等风头过了后，清长媳妇去娘家住了一年，竟抱回一个大胖小子。却原来结扎时演了"空城计"，只在肚皮上划个小口，内中物件依然有强大生命力。有人怀疑明云爷从中做了手脚，

/141

明云爷骂道:"人娘,手术又不是老子做的,和老子有尿关系!"众人一笑了之。

明云爷是我当兵若干年后得脑血栓去世的,患病期间,村人们争相来照顾他;去世后,十里八村的人赶来给他送葬。一个普通的基层干部能享此殊荣,明云爷可以长眠安息了。我回家探亲时,明云爷已驾鹤归西。我同样患了脑血栓的母亲说:"你去看看你明云奶吧!"我去了,明云奶身体依然健壮,我们说了一会儿话,自然也讲到了明云爷。明云奶说:"你明云爷这一辈子就两个字:厚道。"问了我妈的病情后,明云奶说:"你明云爷得病后,我给他买了一个床垫,不软不硬,躺上正好。你要不嫌弃,就拿回去给你妈用吧,你妈也是脑血栓,用得着。"从明云爷家里出来时,我用头顶着床垫走在街上,泪水扑簌扑簌掉下来:"明云爷,我怀念你!"

樊小拉

樊小拉是我们村最卑微的人物之一，也是村里不可缺少的一个人物。过去了多少年，这个人物始终没有在我的记忆中消失。

樊小拉和我同姓。小拉的"拉"字，在我们那里不念"lā"，而是读"lè"，日常人们称呼他免去姓，都是小拉长小拉短的，显得亲切。

樊小拉是个残疾人，生下来就少一只右胳膊。为了加以掩饰，他无论冬夏都穿长袖衣服，右手边空洞洞的袖筒垂下来任风摇摆，和左胳膊摆动不在一个幅度上，看起来有点怪异。小拉的残疾乃近亲结婚的结果，这是毋庸置疑的。我们那里过去不了解近亲结婚的危害，以为"亲上加亲"最好，说什么"姑表亲、姨表亲，打断骨头连着筋"，因此，近亲结婚较多，生出了不少残疾儿童，小拉就是近亲结婚的受害者之一。

小拉命苦，生下来四肢不全，父母怕他难以养大，一些族中人又视之为"不祥之物"，在多重压力下，悄悄地把刚生下来的小拉用草席裹了扔进长着几株柏树的老坟岗。奶奶可怜残疾的孙子，夜里偷偷地把小拉抱回来，才有了这条小生命。1942年，黄河发水，加上蝗虫成灾，我们老家饿死了许多人。小拉的父母也先后在这场灾难中去世。在奶奶的拉扯下，小拉逐渐长大。临解放时，奶奶也去世了。小拉把仅有的一间房卖掉，筹钱安葬了奶奶，便四处流浪去了。一个残疾人在流浪中吃的苦可想而知，但小拉对此从未说过一个字。

1949年后，小拉回到了老家。因为土改已经结束，无什么财产可分，房无一间地无一垄的他，就借住在别人的家里。此时，正好村里装了一部公用电话，电话就放在大队部，需要有人值守，村干部们可怜他，便安排他到大队部"看电话"。你还别说，小拉这个"看电话"人选，选得还真合适。他无家无口孤身一人，二十四小时与电话机为伴，吃住就在放电话机的大队部一间偏厦里。一个房间，一部电话，一张床铺，一个灶台，构成了小拉工作和生活的整个空间。他忠于职守，县里公社来的电话及时传达或找人来接，谁家里来了长途，小拉就到家里叫人来接电话，保证了村里和外部的电话通畅。偶尔，有什么紧急会议通知，小拉也会去各个生产队传递，但他的主要任务就是"看电话"，在通信尚不发达的那个年代，认真履行一个"看电话人"的职责。无论刮风下雨，无论白天黑夜，只要有电话来，小拉就去叫人接听，从未耽搁和误事。

我和樊小拉熟识，我们家和他有密切接触，是因为我家里电话较多。大哥在焦作参加工作后，把大儿子寄养在老家；二哥后来也到山西晋城参加工作，老家留有妻小，他们不放心家里，常常会来电话。每次电话来了，小拉就跑到我们家"喊人"。小拉个头不高，人很精瘦，但嗓门却出奇亮堂。他站在家门口，我们就能听得见他的呼喊声："叔、婶，接电话！"我父亲是乡村木匠，外出盖房架屋有一些收入，家里条件较好；我母亲为人心地善良，爱周济别人。母亲常常把大哥、二哥穿过的旧衣服、旧鞋，找出来送给小拉穿。小拉到家里来时，母亲急忙给他盛一碗饭，我们吃什么，他吃什么。小拉不上桌，端碗坐到门槛上吃，我父母把他拉回桌上，说："这都是你弟弟妹妹，别不好意思。"这样，小拉就和我们几个兄弟相称，对我父母称"叔""婶"，格外恭敬。

一次过年，我母亲给小拉做了一双新棉鞋，小拉穿上分外高兴，他问："婶，你咋知道我脚有多大？"我母亲从笸箩的本夹中抽出一个鞋样说："这是我家老二的，一次你说穿老二的旧鞋大小正合适，我就记下来。"逢年过节做好吃的，父母都让我端一碗送给小拉，他这时在值守电话，一个人弄吃的很不容易。久而久之，我渐渐地和小拉有了兄弟情谊。当家里来客人住不下时，我就跑到大队部那个偏厦和小拉打通铺。我那时小，不懂得尊重残疾人，常用手去捏他残臂的末端。他的右肩膀在膀根处突然变细变小，形成一个小肉柱，捏起来很好玩。这时他也不恼，反而和我开玩笑，像一对亲兄弟。小拉话不多，但他曾认真地叮嘱我："咱叔婶养活你们几个不容易，你可要好好学习，求个上进，不要辜负了老人的心愿。"

　　有一件事给我留有深刻的印象。大概是在"四清"运动中，我父亲因外出"搞副业"被人检举，公社要来人组织批判。小拉在大队部得到消息，急忙到我家通风报信，让我父亲到外地躲藏几天，我父亲因此躲过一劫。我清楚地记得，公社来的工作组组长姓白，他因为一时找不到我父亲气急败坏，到我家说，挖地三尺也要把人挖出来，一副凶神恶煞的样子。幸亏我父亲躲了出去，否则后果真不堪设想。后来时过境迁，此事也就不了了之。我参军离开村子时，小拉陪同村干部把我送到村口，他用仅有的一只胳膊搂着我的腰，亲切地说："到部队想哥了就打电话回来。"

我再次见到小拉，是在我母亲的葬礼上。母亲因操劳过度患了脑血栓，在几年卧床不起后，于七十五岁那年去世。送葬那天，恰逢下大雪，道路泥泞。从我们家门口到村公坟，需要八个壮劳力抬着柏木棺材走近二里地，乡亲们冒雪赶来帮忙。将要起灵时，小拉赶来了，他先在灵前"咚"一声叩了一个头，然后站起身站到棺木一侧，抓起头杠扛到肩上。他一个残疾人怎么能抬棺？有人去抢夺杠头，他死死抓住不丢，一句话也不说，硬是坚持抬棺到墓地。安葬母亲毕，新坟垒起，想到阴阳相隔，再也见不到最挚爱最亲近的人，亲友们围着坟头悲声四起。当大家离去时，仍有一个人跪在坟前放声痛哭，他是小拉。乡亲们说，小拉比孝子们哭得都痛。

大头娃

"大头娃"是我们村里的一个奇人。他因为患侏儒症身材异常矮小,个头多说也就一米左右,四肢短促,脑袋却出奇地大。村人都叫他"大头娃"。"娃"在用作名字时,我们这里不念"娃",而是读"挖",平声。"大头娃"是个特定的称谓,一说"大头娃"村里没有人不知道其人的,他的官名殷保务却渐渐生疏了。奇人必有奇事,"大头娃"的奇事,容我慢慢道来。

"大头娃"和我的年纪差不多,我俩还是村小的同学,朝夕相处,在一起上过几年学。因为我大姐嫁到了他家门口,按照族中的辈分,他低我大姐夫一辈,我就成了"大头娃"的"舅舅"。"大头娃"脾气好,为人谦和,和同学们相处得很好,没有人嘲笑他。但在小学毕业我们都得去村外上初中时,他选择了辍学,也许是行走不便,或怕外村人笑话他"个小头大",引来人围观,就断了继续上学的念头。从此，我就很少见到他。到大姐家去时，偶尔也能见他一面。关于他的情况，都是听大姐或大姐家人说给我的。我后来参军入伍又转业到外地工作，对"大头娃"的情况就知之甚少了。

去年清明节，我回村给父母上坟，在去大姐家的路上，遇到一个人开轻便三轮车迎面而来，远远看过去，好像无人驾驶一般。没想到三轮车开过去后在前方停下来，跳下来的竟是"大头娃"。他亲切地叫一声"舅舅"，便从兜里掏出纸烟敬我。我一下子惊呆了："你不是得了脑血栓，卧床起不了吗？现在恢复得这么好？""大头娃"笑着说："好了，好了，你看我现在不是好好的嘛！"边上的乡亲们笑着说："大头娃积德行善，好人有好报，多大的病都拿不住他。"这是怎么一回事呢？从乡人的议论中，我知道了事情的原委。

"大头娃"辍学之后，无法到地里干活，终日在家里待着，父母为他发愁，发眼下无事可做的愁，发今后生计的愁。这些"大头娃"何尝不知，他也在琢磨生计，并不甘心向命运低头。

在十五岁那年的冬天，"大头娃"突发奇想，让父母把几捆高粱秆子扛进他住的房间。一个星期之后，打开房门，一堆扎好的车马等堆满房间。无师自通，他竟学会了纸扎手艺。在我们那里，人去世后亲人去祭奠，花圈、车马等纸扎品是少不了的，这是一单永远也没不了的生意。即便在"文化大革命"中，这方面的需求也没有绝迹。"大头娃"头脑聪明，脑筋活泛，他看准了这个刚性需求，又用其所长，避其所短，吃准了这个营生。这时已是"文革"后期，虽然时兴"割资本主义尾巴"，但没有一把刀伸向"大头娃"，他的纸扎生意在夹缝中生存下来。这一方面是出于村干部的怜悯，一方面是由于"大头娃"的好人缘。他为人不贪，除了材料费，只收取一点儿手工费，收费低廉合理。亲友熟人左邻右舍要办白事，他送去纸扎不收费，说是替亲人们表达一点儿小小的心意。我母亲去世时，就是请"大头娃"做的纸扎，我送他一百元钱，他硬是给我退了回来，说："给我姥姥扎几样东西表表心意，这钱我咋能收！"久而久之，"大头娃"在村里便落下一个好人缘。

改革开放之后，市场经济大发展，各行各业都兴旺起来，殡葬业也随人们的观念变化空前昌隆。人们在生活富裕讲究享乐的时候，也没有忘记去世的亲人们。在悼念、祭奠逝者的时候也空前大方起来，纸扎品也"升级换代",从车马、房屋等发展为轿车、电冰箱、空调,供亲人在阴间享用。人们在阳间享受什么,就想让逝去的亲人在阴间享用什么,纸扎业一时间兴盛起来。"大头娃"抓住这个机遇,在其父母去世后,在继承的四合院里开起了"纸扎坊",一下子成了村里为数不多的万元户。

话说"大头娃"已到了二十八九岁年纪,家境富裕,人虽个头低,但身上一个零件也不缺,人又善良大方,提亲的人纷沓而至。也有村里的女孩子看好"大头娃"的人品,愿意侍候他一辈子。对上门提的这些亲事,"大头娃"都谢绝了,他说:"我这个样子成什么亲!跟谁结婚,就拖累谁一辈子。"又是一晃几年过去,有人给他介绍一个从四川来的中年妇女,还带着一个十二岁的闺女,说是家乡遭了年馑,丈夫患病死了,愿嫁"大头娃"为妻。"大头娃"动了恻隐之心,他和女方扯了结婚证,收留了母女俩。"大头娃"把家中的钱交四川女人保管,视养女为己出,过起了其乐融融的日子。约摸过了三年,突然有一天,母女俩不见了,原来是一场骗婚。人走了,家里的钱也被卷走了。人财两空,灾难骤降,"大头娃"没说一个字,没哭一声,大病一场后,该干啥干啥。又过了两年,本省周口那边发大水,又有两母女流落到我

/151

们村，没地方吃住，"大头娃"收留了她们，让两人在家打工，渐渐熟悉起来，三人就像一家人一样过起了日子。只不过这次没去领结婚证。日子一天天过去。突然有一天，这母女俩也不见了，家里的钱不翼而飞。村里有人说："大头娃"脑袋大归大，却不聪明，记吃不记打，好了疮疤忘了疼，两次赔了夫人又折兵。是啊，一个哲人说过，聪明的人不会被同一块石头绊倒两次，"大头娃"却两次绊倒在同一块石头上了。

家里事不顺，纸扎生意也越来越不好做了。高科技制品逐渐代替了纸扎品。冥类高仿品盛行，冥间银行发行亿万元大钞，手机、电脑、跑车等仿品在车间成批制作出来，满足人们向逝者供奉高仿消费品的需求。"大头娃"的纸扎店生意日渐萧条，收入也不断减少，仅可勉强维持生计。也许是急火攻心，"大头娃"一天早上起来站立不稳，走路竟走不成一条直线，说话也觉得费劲，终至"扑通"一声摔倒在地。经村内医生诊断，确诊为突发性"脑血栓"，赶快抬到村诊室输液。人是抢救过来了，但落了个半身不遂的毛病。"大头娃"孤身一人，左邻右舍都来人照顾他，但这毕竟不是长远之计。有好心人在其家发现当年四川女人老家来信的旧信封，照地址给母女俩写了一封信,报告了"大头娃"的病情,不过是试一试而已,以为十有八九是不会有回信的。让人没想到的是,那母女俩接信后真的来了。两人在"大头娃"的病床前"扑通"一声跪下来,泪如雨下。四川女人说:"都是我们害了你。当年拿了你的钱跑了,治好了丈夫的病,度过了家中的困难时期,现在就是当牛做马也要报答恩人。"母女俩随即住下,煎药、做饭、求医,对"大头娃"照顾得无微不至。更没想到的是,周口母女俩不知从什么渠道获得"大头娃"患病的消息,也赶到他病床前照料。医药费均由两对母女分担,不花"大头娃"一分钱,还主动拿钱,承担生活费,挨顿给"大头娃"做好吃的。"大头娃"虽然躺在病床上,心里却乐颠颠的。心病还得心药医,他的病是初犯,不太重,又救治及时,加上两对母女照看周到,竟一天天好转,脸色红润,肢体机能恢复了,没有落下任何后遗症。见此情景,四川、周口两对母女自然高兴,她们要回自家过日子,或外出打工,不能长期在"大头娃"身边。离开时给"大头娃"办了一张银行卡,定期给他往卡里打钱。"大头娃"用卡里的钱买了一辆轻便三轮车,每天到田间或集镇去逛逛,从此不再做纸扎生意。

秋来哥

秋来哥是我们村的一个小人物,但是村里人离不开他,尤其是男人们,因为他是一个剃头匠。在我们那里,剃头和理发不分,其实这是两个行当,剃头用剃刀,理发用剪刀、推子,因为都是"头上功夫",老百姓便合二为一,统称"剃头匠"。秋来技艺精湛,剃、剪都会,是个"全能把式"。村里人理发都找他,即使"文化大革命"中"割资本主义尾巴",也没有人来割他,因为人们头上的头发需要他来割掉。因此,秋来的生意说不上有多么红火,但也延绵不断川流不息,自然也小有收入,维持一个在村中属于比较宽裕的生活水平。

我十多岁时,秋来已四十多岁。我所以称他为哥,是因为属于一个辈分,我们同一个姓,祖上都是从山西洪洞大槐树移民过来的。从关系论,我和他已出五服,没有亲密的哥弟关系,但辈分在管着,只好以哥弟相称。

还因为秋来向我父亲拜师学木作手艺，"一日为师终身为父"，虽然解放后生活稳定，秋来以剃头为业，不再和我父亲一起去盖房架屋，但师传情谊还在。秋来称我父母为"叔""婶"，也常来家走动，我们兄弟自然对他以"秋来哥"相称。秋来哥是一个重情义的人，我父亲去理发时，他坚持不收钱，一直到我父亲去世。因为有这层关系，我和秋来哥的关系就显得密切许多。

从我认识秋来哥起，他就一个人生活，是个"快乐的单身汉"。他的理发室在街的中间，村民们剃头不剃头，爱去那里凑热闹，被称"村民俱乐部"，按现在的说法，秋来就是"群主"。凭手艺吃饭，收入也不少，为什么不娶妻生子成家过日子，这是一个谜团。我父亲告诉我，秋来兄弟两个，父母早亡，从小生活很苦，1949年后兄弟俩各分到地主的一座房子，便分灶过日子。他因为有手艺，收入稳定，曾经娶过一房妻子，小日子过得很舒坦，那阵子大概是秋来最开心的日子，但妻子因难产而亡，让他惨遭打击，发誓不再婚娶。20世纪60年代初有人给他介绍一个"离婚茬"，女方是邻县人，丈夫因饥饿吃不饱偷生产队粮食被判刑。经人说合，女方带着儿子小虎嫁给了秋来。秋来炉火重旺，着实过

/155

了几年其乐融融的日子。他待养子如己出,送其到村小上学,闲时还教他理发手艺,父子关系很是融洽。没承想女方的前夫刑满出狱后竟到秋来家要人,说秋来霸占了他的妻子,如不归还,以手中杀猪刀相见。思忖再三,不是说剃头刀干不过杀猪刀,而是秋来的心软了,道声"罢罢罢",于是去公社扯了离婚证,流着泪放母子俩回原籍。临走时,一家三口齐刷刷跪在地上,叩响头以示谢恩。

秋来哥是个天生的乐天派,虽然多次遭受人生的打击,但也没有改变他乐观、活泼的天性。他个子低,人瘦小,在农村属于"机灵鬼"一类。学啥会啥,尤其"头上功夫"了得,会使推子,他手中那把剃刀在头上翻飞,比在麦田里使镰刀还要熟练。给谁剃个光头,那就是眨眼工夫。接下来是细活,刮脸、刮耳朵,最拿手的是刮眼睑,眼和眉毛那块小地方,正是他施展才华的好地方。秋来哥剃头理发,活细到什么程度?他连长出鼻孔的鼻毛也不放过,用细剪子剪掉。村人们都说让他理发真是一种享受,大刀阔斧开始,绣花功夫结束。闭眼坐或躺在圈椅上,惬意地享受秋来哥服务的全过程。他用热水给你洗发,在需要刮脸的地方打上肥皂焖一会,

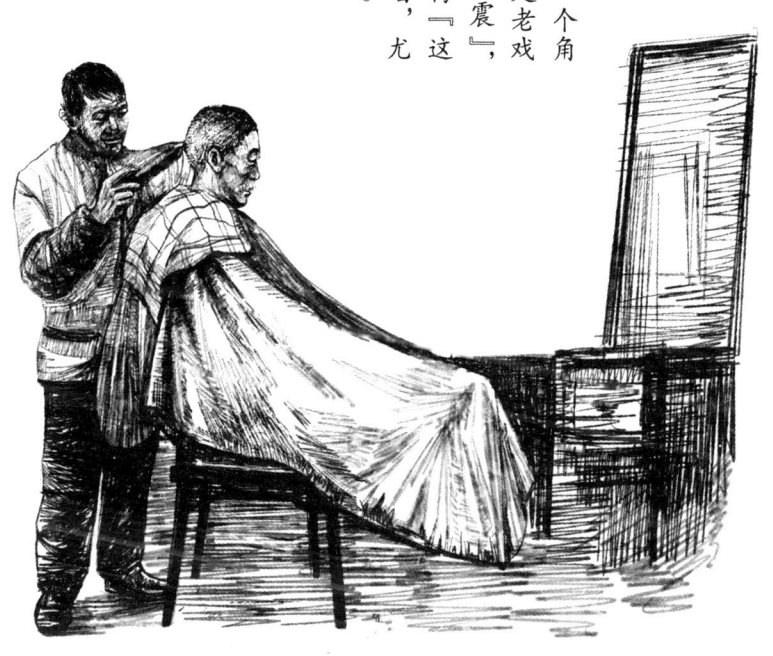

天生的乐天派秋来哥

然而等理发或剃头开始,他便转换了一个角色,轻手轻脚,嘴里哼着曲子,多半是老戏的戏文。穆桂英「辕门外三声炮如同雷震」,花木兰「刘大哥讲话理太偏」,秦雪梅「这几日在绣楼心中烦闷」,这些他都会唱,尤其学女性名角的唱腔惟妙惟肖有滋有味。

这个过程就开始了。圈椅椅梁上挂着荡刀布,为了使剃刀更锋利,他圆睁双眼,站开虎步,"嚓嚓嚓"把刀荡得锃亮,像个大将军要上马杀贼一般。然而等理发或剃头开始,他便转换了一个角色,轻手轻脚,嘴里哼着曲子,多半是老戏的戏文。穆桂英"辕门外三声炮如同雷震",花木兰"刘大哥讲话理太偏",秦雪梅"这几日在绣楼心中烦闷",这些他都会唱,尤其学女性名角的唱腔惟妙惟肖有滋有味。新戏他会唱《朝阳沟》,拴宝唱的"你那前腿弓,你那后腿蹬";王银环唱的"走一步退两步不如不走",秋来哥都会唱。当然,他最拿手唱豫剧《马二牛学剃头》:

> 谁人不知我马二牛,
> 十二岁上就学剃头。
> 解放前剃头难糊口,
> 我挑着担子到处悠。
> 往南到过老河口,
> 回来路过信阳州。
> 俺大伯俺二叔俺姑姑俺舅舅,
> 都说咱祖祖辈辈是那种地户,

/159

你不该学那个下九流，
我走到谁家谁不留。
五八年来了个"大跃进"，
都说我没落人后头。
干活的时候我也干，
休息的时候就剃头。
全社里开了个评模会，
叫我开会到郑州。
我和省长一起照过相，
还上过省委的办公楼。
……

人们一边剃头、理发，一边听他唱戏，是难得的享受。秋来哥一招一式体现出来的乐观主义情绪，也感染着经常会遇到困苦的乡亲们，使大家的心情都快乐亮堂起来。

秋来哥理发技艺精湛，服务周到，收费却很随意。虽然订有收费标准，但从未严格执行过。条桌上放一个大瓷香炉，主顾给多给少，直接放到香炉中去。如果手中一时无钱，说一声"下次再给"也可走人。我每次去理发,父亲都给我五角钱,让我直接放到香炉里。我年纪小理一个发是两角,父亲给我五角,是让我把他每一次免交的钱一并补交上。父亲说:"你秋来哥一个人不容易,咱怎能占人家便宜。"这是一个秘密,秋来哥从来就没有发现,说明他对谁交钱多少真的不在乎。

村里乡亲们愿意到秋来哥这里,不理发也愿意来这里坐一坐。从客观条件说,是因为理发室场地宽敞。秋来把分地主的一座房,一半做卧室,一半做理发室,理发室门前是一片开阔的宅基地。冬天,人们聚在他的理发室内,其他季节就在理发室门外闲坐聊天,或打扑克、下象棋。理发室是我们村唯一二十四小时开放的地方,谁来谁进从不锁门,秋来哥不在家也是如此。从主观方面说,还是秋来哥人缘好。因为理发需要热水,他常年生着炉子,炉子上烧着开水,谁喝开水就来倒,有的家给孩子冲奶粉,一时烧不及,就到理发室来找。这里似乎成了供应开水的地方。一年用去多少煤炭、需要多少费用可想而知。但农村人厚道,不占人家便宜,谁家做了好吃的,就让孩子送一碗过来,秋来哥是真正吃过"百家饭"的。他心里记着乡亲们对他的情谊,为大家服务就更加精细热情。晚上没人理发时,他就在炉上下一锅面条,谁来就招呼谁吃,人们也不会客气,端起碗坐在门槛上或蹲到地上就吃。这时候,理发室又像一个食堂,到处都是吸吸溜溜的声音。毕竟有些积蓄,谁家有了三灾四难急需用钱时,秋来哥也伸出援手,还不还也不计较。有人劝他积攒些钱,再娶一房媳妇,生个一男半女"养儿防老",秋来哥笑着说:"惹那麻烦干啥,活一天算一天,不定哪一天吹灯拔蜡伸腿去球!"

  我参军入伍后转业到外地工作,多年没有见到秋来哥了。一次回乡寻他未见,村人告诉我:秋来进城享福去了,人家的养子小虎在城里买了大房子,把秋来接去养老去了。小虎从小跟秋来学习理发手艺,现在在城里开一个"秋来红叶连锁理发店",生意红火着呢。

第四辑 故园雪

不过,在内心深处,总觉得东北的雪不及家乡的雪。

虽然一样洁白,却不如家乡的雪纯洁;

虽然一样多情,却不如家乡的雪浓烈;

虽然一样润手,却不如家乡的雪温热。

难忘故园

每当亲朋好友相聚,酒酣耳热之际,我最爱唱《九月九的酒》这首歌,而且能赢得一阵阵掌声。我不懂乐理,也没受过什么发声训练,因而歌喉不佳,歌声自然也不美妙,但是我唱得特别投入。手,紧握话筒;眼,紧盯画面,整个身心都融汇到了歌声里。"又是九月九,愁更愁情更悠,回家的打算,始终在心头……"伴随着歌声,我的心向故园飞去。

1955年农历三月初八,我出生于河南省温县北韩村一个农民家庭。温县地处豫北平原西部,北倚太行,南临黄河,夏代称温国,因境内有温泉而得名。这里是晋宣帝司马懿的诞生地,人称"司马故里";又是我国著名的陈氏太极拳发源地,被称为"太极之乡"。温县设县甚早,古属河内郡。河内郡后亦称怀庆府,府治在今河南省沁阳市。据说怀庆府这一带人的先祖多是明初大移民时从山西洪洞县大槐树底下迁来的。我家保存的族谱，亦有这方面的记载，到我这一辈算是第十七代。民间传说，朱元璋夺取政权过程中在怀庆府遇到顽强抵抗并受挫，故而怀恨在心，胜利后在此地大开杀戒，一直杀到地上扔金元宝都没人捡的地步，于是只好组织移民填充。我的祖上就是此时由山西迁到河南的。但是不是由山西而来亦很难说，因为"大槐树底下"只是一个概说，当时的官府命令移民从四面八方到大槐树底下集合，然后逐批遣送内地。至于来大槐树底下之前为何方人士，已难以考究了。我的祖上便是在这次移民大流动中流到河南西北部的。传说先祖挑着箩筐从山西而来，一头挑着一个男孩，这两个男孩便形成了县里两个有樊姓人家的村落。至于先祖的先祖如何如何，便不得而知了。

家乡地处黄河流域，有丰腴的文化土壤，我家村子方圆百里内曾诞生过杜甫、李商隐、韩愈等这样世界级的文化名人。"竹林七贤"中的山涛、向秀就是河内人。"最是难忘故乡地，一草一木动我思。近年曾有梓里游，听唱新翻杨柳枝。"这一首拙作，就是表达我对故乡的思念赞美之情。故乡虽然文化土壤深厚，但我并未幸运地出身于书香门第，而是诞生在一个典型的农民家庭。父母亲是真正的"脸朝黄土背朝天"的农民，我血管里流淌的是农人的血液，所有的亲戚都是农民，因此对农民有一种天然的亲切感。如果身上还有点"文化"，那便是"民以食为天"的"农耕文化"了。

我家共有兄弟姐妹六人，我排在第五，下面还有个妹妹。在这个大家庭中，对我性格形成影响最大的是我的父母、二哥，而培养我文学兴趣的则是我的长兄。我们家从祖上开始便家境贫寒，奶奶在父亲六岁时便已过世，靠爷爷一人把我的姑姑、伯父、父亲养大成人。父母亲结婚后房无一间，地无一垄，是地地道道的贫农。父亲幼时曾读过几年私塾，后当过学徒、做过长工，后学会做木工，是方圆数十里有名的木匠，农耕之余为乡亲修房造屋，一辈子究竟给他的农民兄弟造了多少房子，已难以计数了。家境贫寒，但父亲"穷而弥坚"，为人正直，有骨气、坚韧不拔。在我的印象中父亲在勤劳的农人中格外勤劳。每天参星西斜，天刚蒙蒙亮，便起床洒扫庭院、挑水，开始了一天的劳作。父亲性格达观，高兴时能给乡亲们唱《打金枝》等成本的戏文。农闲时农人相聚，乡亲们爱听父亲讲古、说笑话，说者乐，听者亦乐，说笑声中解除掉农人的疲劳。父亲很聪慧，遇

/167

事有主意，乡亲们遇到难题都愿找他。父亲有着坚定的发家致富的目标，并一步一步去实现。他和我母亲结婚后借住在别人家里，之后用八斗麦子买了一块宅基地，硬是一砖一瓦地经过二十年奋斗，盖起了十二间瓦房。母亲除了有勤劳、节俭等农人的共同品格外，最大的特点是善良，乐于助人。她总是尽家里所有，以多余的食物、粮食周济贫困之人。过年过节，家里有好吃的，她舍不得吃，总是让我们端着送给街坊四邻。我们兄弟几个参加工作后，回家时给老人带些糖果、点心、水果等，母亲从来没吃过，都让分送给亲友乡邻。她常说："自己吃是填坑的，送给别人是驰名的。"她的意思是：你自己吃了没什么用，你送给别人，人家会记着你的好处。因为父母有这些美好的品行，他们百年以后送葬出现小村空巷、乡亲云集的动人场面。

1970年前后，我家如日照中天达到了鼎盛时期，大哥在某学院任领导职务；二哥被铁路招工当了一名公安干警；我上高中，妹妹上初中；两个姐姐均已出嫁。然月圆而亏，水满则溢，如任何事物都有盛极而衰一样，不到一年，家庭竟发生重大变故，随着二哥因公牺牲家道便衰落下来。我的二哥叫樊希成，1947年生，大我八岁。可以说，我是他带着长大的。他念书只念到高小，便扛着板凳回家不再上学，跟着父亲学做木匠为乡亲们造房去了。他虽然文化程度低，但悟性极高，除了会做木工，还会电工、机械修理，村里第一个"小钢磨"就是他办起来的。以后入了党，当了村干部。他仗义豪爽，敢作敢为，在农村青年中很有威望。20世纪70年代初新乡铁路分局到乡下招工，他被看中而且分配到铁路公安系统当了一名警察。参加工作后进步很快，又是党员，很得组织信任，很快就能单独执行任务，我们全家都为他骄傲。然而乐极生悲。1971年10月25日，他在执行公务时因公牺牲。噩耗传来，全家万分悲痛，父母中年失子痛不欲生。他才二十五岁呀，身后撇下两个男孩，一个不满三岁，一个不满一岁。面对儿子的遗体，看着眼前尚不懂事的两个孙子，母亲哭得昏死过去。父亲是个坚强的人，他强忍眼泪，一遍一遍地呼喊儿子的名字……

整整一年之后，冬季征兵开始。这年我高中应届毕业，按规定可以报名参军。学校已做了动员，但去与不去，我犹豫不定。说心里话，我是多么向往绿色军营的生活啊！但是，大哥在外地，二哥去世了，父母年老力衰,父亲已是六十八岁年纪,垂垂老矣,身边还有两个嗷嗷待哺的小孙子。我的妹妹年方十四岁,尚未成年。家里唯有我这一个男子汉,我参军去了,全副家庭重担便压在父母肩上。就在我犹豫不决之时,父母明确表示支持我选择参军这条道路。为了祖国的利益,为了儿子的前程,父母承受了最大的牺牲。那一年我才十七岁,尚不够参军的年龄。因为有人"揭发",带兵的人到家里调查。父母隐瞒了我的真实年龄,使我能够顺利参军入伍。离家那天,父亲斜穿麦畦小跑着赶上我们的新兵队伍,向我的口袋里塞了几十元钱。望着饱经沧桑历尽磨难的老父亲,我的泪水夺眶而出模糊了视线。

此情此景历历在目,转眼间离别家乡已二十五年了。此间父亲于1979年冬去世。去世前一个月,七十五岁高龄的他还在为本村一个乡亲造房。他站在高高的房顶上劳累一天,到傍晚回家时竟迷了路途。我亲爱的父亲是累死的呀!父亲去世后,母亲带着妹妹种几亩责任田,又要照料教育孙子,也积劳成疾,在一次急雨来临抢收晾晒的玉米时扑倒在地,从此病魔缠身,在四年前离开了我们。每念及此,我心里都涌上一阵酸楚,为没能在家庭中尽到一个男子汉的责任而倍感歉疚。

"亲人和朋友，举起杯，倒满酒，饮尽这乡愁，醉倒在家门口……"我没饮酒，却已醉了，醉倒在浓浓的思乡之情里。

我家的柿子树

中午在单位吃饭，伙房给每人分发了一只柿子。个大皮薄，敦实厚重，浑身通红，像一团燃烧的火焰。在长春吃着柿子，思绪却飞到了河南乡下；嘴里吃着柿子，脑里却长出了一棵柿子树。噢，那是故乡的柿子树，我家的柿子树。

在我的记忆中，我家有一棵柿子树。这棵树没长在我家院子里，而是长在我家西北方向离家一里外的公田里。既然长在生产队的公田里，树怎么成了我家的呢？小时候有过疑问，但从未向父母讨教，因此父母也没有解说过。现在想来，那棵柿子树是我家的，大概是土改时我家分了地，地上长的柿子树就成了我家的财产。后来土地入社归公，柿子树仍旧归自己所有，因此它和我家仍保持着隶属关系。父母已去世，是不是这么回事已不得而知。但这不要紧，反正在我幼年的记忆中，我家有这么一棵柿子树。

我家的院子里有榆树、槐树、椿树、枣树、桐树、石榴树、绒花树等,大家相邻为伴,共撑一片蓝天。唯独这棵柿子树离群索居,像个离家出走的孩子。仔细一想,我们家乡那一带谁家院子里也没有柿子树。因为柿子树根粗冠大果丰,需要足够的营养和水分,只有在田野里任意舒展,风吹雨打,才能扎根、开花、结果。故在我的印象中,故乡除了整片的桃林杏林,路旁列队的杨树,在田野里生长的唯有柿子树。大约同样的原因,村里不少人家在大田里都有柿子树,因此我家的柿子树并不孤单,它们如互相守望的哨兵,虽不在一处站岗,但说到底是一个团队、一个部落的。

我家出门在外的柿子树远远地守望家门,虽说一生不曾走回家来,但对家却有诸多恩惠。打我记事起,记忆中就有这棵老柿树。它有两人合抱之粗,坚实如铁,树干两米之上开始横枝长杈,枝丫不规则地旁逸斜出,干枝分三至四层,层层平行相叠,整个树冠面积有半个篮球场那么大。每年春天,柿子树仅剩枝丫的树冠上,便悄然抹上一层新绿,慢慢地便有了倒卵形的叶子,渐渐地手指甲盖般大,渐渐地铜钱般大,渐渐地鸡蛋般大,表面光亮，背面有绒毛。该开花时便开花，花呈黄白色。开花之后，便渐渐地开始挂果。在每季挂的果中，约有近三分之一半途夭折，被风吹落地上，这种果叫落果（家乡俗称"柿疙瘩"），拇指盖般大小，呈紫褐色，可以生吃，也可以晒干磨成面做饼。每年夏季，我和小伙伴常挎篮去捡柿子树下的落果。那树，那树上的果，是谁家的就归谁家所有。但地上的落果便属公有，人们可以奔树而去随意捡来。我们欢笑着、跑跳着，奔向一棵棵柿子树，到附近所有柿子树下去捡。累了，就围着树干坐下休息，或在树下打闹，如果来了兴致，不知谁发一声喊，大家便脱了鞋，一个接一个猴子般攀上树去。其中一个的双眼被蒙上手绢，其余躲在枝丫上，或在几个枝干间飞蹿。这就是"捉柿猴"的游戏。被蒙眼睛的捉住哪一个，哪一个就得"蒙眼"接班，以此类推，兴尽为止。这种游戏惊险刺激，给农家子弟带来了许多欢乐。而且这种游戏只能在柿子树上进行，因为它有结实的重重相叠的枝干，人轻易不会从树上掉下；而且因为树冠面积大，有宽阔的空间，十多人做这种游戏也能活动得开。柿子树不仅填充了我饥饿的童年，而且给少儿时代的我几多欢乐。

时入深秋，是柿子成熟的季节，远远望去一树彤红，红黄相间，在辽阔的秋天的原野上，像一团团燃烧的火焰。这时，家家开始收摘柿子。我的父亲、哥哥、姐姐便带着竹竿做成的叉竿，挑上箩筐，去迎接硕果满枝的收成。哥哥姐姐在树上摘，父亲和我在地下接着，够不着的树梢处，便用叉竿去叉住拧下。整个树收下来，约有五六挑之多。夕阳西下，当晚霞和柿子树上的红叶融为一道风景时，我们已踏上了归途。

柿子有多种用途，主要还是食用。挑回家的柿子，母亲先捡熟透了的，让我分送给乡邻；一部分较硬的放在小口缸内，灌上温开水，浸泡三四天之后食之又脆又甜，俗称"懒柿"；一部分摆在条桌上，等放熟透了再吃；还有一些则放进醋缸内酿造柿子醋。我爱喝母亲酿造的柿子醋，又甜又酸又解渴，类似今天的酸梅汤。往往趁大人不注意，我奔向醋缸舀将一瓢便喝。我就是少年时代喝醋喝伤的，以至长大参加工作后，对哪种醋都不感兴趣。只是前两年听说醋能软化血管，益于身心，才略有问津，但和我家的柿子醋相比，味道差远去了。

就这样年复一年，我们享受着家中这棵柿子树的恩惠。突然有一天，父亲决定刨去这棵柿子树。因为轰轰

/175

烈烈的"文化大革命"山雨欲来,广播喇叭里一再说不允许有私有财产;还说要实现大田机耕化,立在田间的柿树妨碍耕种。"先下手为强",我的父亲决定刨去它。这天,他带家族中几个壮小伙向自家的柿子树奔去。记得那是个阴天,刮着小北风,地上结了一层薄冰。父亲哭丧着脸围着柿子树转了三圈,最后停下来面对树点燃一炷香,在那里"愿意"一番(通常叫祷告)。我没听清父亲说什么,但我想,他一定在说:柿子树呀,不是我要刨你,是人家不让你生存呀。走啊,跟我回家吧。后来,这棵柿子树在做木匠的父亲的锯下,变成一个案板、几件农具。树根和树梢则成了我们冬天烤火的材料。这棵柿子树活着是我家的树,死是我家的鬼,粉身碎骨地为我家尽忠尽孝了。

　　没出一个冬季,所有人家都刨去了田间属于自己的柿子树。大田里春夏间没有了如盖的绿伞,秋天里失却了团团火焰,给人单调萧条之感。十多年后,父亲病危时打嗝,有人说柿子蒂煮水可以治疗。我二姐带几个人在田间寻遍也没有找到柿子树,最终在没有人管的小河边找到一棵,爬上树去摘了几个柿蒂。可惜,它没能挽救我慈祥的父亲。也许我的父亲在弥留之际看见柿蒂悟到一个哲理：果熟蒂落，人亦如此，我该走了。

  我家的柿子树虽然已经没有了，但它却没有在我的记忆中消失。当我思念家乡的时候，总有一团火焰在我脑海里燃烧跳跃。

恋雪情结

惊蛰过后时近春分，天空突降一场大雪。星期天闲来无事，搬一把椅子坐在窗前赏雪。但见那雪且急且缓拂扬而下，急时如白马列队奔驰而来，缓时如闲人散步祥和安然。屋顶、柴棚、树梢、街道皆已银白，天公却不尽意，仍将雪花源源不断地往大地派遣。眼前雪花如蝶般飞舞，我的思绪也随之飞舞起来。

我的老家在河南，那里春夏秋冬四季分明，雪是年年光顾的。记得小的时候，雪下得好大好大，一望无际的大平原一片洁白。一脚踩下去，雪有一尺多深。每当这时，我的父母及乡亲们都由衷地高兴。他们口头常说的谚语是："麦盖三床（层）被，头枕油馍睡。"家乡以种小麦为主，如果天公多赐几场雪，让麦苗吸收足够的养分，那么庄稼人就会盼到一个丰收的年成，油馍（油饼）、馒头、面条便能尽饱吃（东北叫"可劲造"）。尽管下雪也会给人们生活带来种种不便，但我小时受大人们的熏染，同样发自内心地喜欢它。

  春节，我们常常踏着大雪去走亲戚，父亲和哥哥在前面开路，他们的大脚踏出一个个硕大的雪窝，我便沿着一个个雪窝前行。有时一不小心，便滑了一跤，爬起来拍打拍打身上的雪再走。如果我们清晨上路早，人们从村口望去，就会看到平白如镜的雪野上有几个移动的小黑点，慢慢地，黑点就消失在茫茫雪野中。如果我们上路晚，就会融入那色彩斑驳的串亲人流。若有年轻的姑娘媳妇加入这支队伍，那花棉袄、花头巾在雪野中格外鲜艳醒目，使整个雪野都跳动着欢乐和朝气。不知是谁不小心，摔了一跤，手中的提篮会甩出去老远，篮内的礼品（馒头、油条、点心）便滚落在雪地上。有家长的责骂声，但更多的是行人们的哄笑声。匆匆去捡时，脚下一滑又是一跤，人们会笑得前仰后合。下雪天是捉野兔的好时机。野兔饿极了跑出来找食吃，雪地上便留下一行清晰的爪印。人们循此去追，穷追不舍。野兔虽然比人跑得快，却没有人的耐力，往往在被人追得力尽时遭擒获。和我同乡、一起当兵的战友们多有雪中追逐野兔的经历。

  记得参军离家的那天，天下着雪，不大，飘飘洒洒，

/179

落在新着身的草绿色军装上。冒雪上了火车,军列便拉着我们向云贵高原穿行。过了长江,便是满眼葱绿;越往南,绿色越浓;绿色越浓,便离雪越来越远了。映山红开遍山野三次,我们也在云贵高原当兵三年,看见过很多迷人的风景,就是没有见过迷人的雪景。那时,我好想念家乡的雪啊。若在冬季给父母写信,会特意问一句:家乡下雪没有?我关心雪情,盼望雪至,因为那里有同样盼望下雪的父老乡亲!

三年后部队奉调东北,一些南方出生的战友听说东北冬天耳朵冻了手一摸就掉,心里直发怵,而我却心中窃喜:又能见到常常思念的雪了。军列到了东北铁岭部队驻地时,一场大雪刚过,漫山遍野白雪皑皑,生在南方的战友们睁大了惊奇的眼睛,我和同乡战友则在雪地里欢笑着,跑跳着,心中那个乐啊。星期天便借来照相机上附近的小山和树林照雪景,搂着雪松照的,趴在雪地照的,手握雪球照的,打着雪仗照的,真是过足了雪瘾。

以后我进吉林大学读书,又转业到吉林工作,屈指算来,已有十六七个年头了。年年岁岁雪相似,但年年盼雪、赏雪的心境不改。不过,在内心深处,总觉得东北的雪不及家乡的雪。虽然一样洁白,却不如家乡的雪纯洁;虽然一样多情,却不如家乡的雪浓烈;虽然一样润手,却不如家乡的雪温热。每当东北雪飘时,我的脑海里就会浮现家乡的雪。晋朝张翰见秋风起,有莼鲈之思,我则是见雪花起而有乡雪之思了。

数年前春节,我同妻携子回故乡过年,远在宁夏的二姐也带一子一女返乡。全家人偎依着老母围坐在燃着蜂窝煤球的火炉旁,说不完的话语,倾诉不尽的思念。就在这个春节,家乡下了一场多年不遇的大雪。我带妻子和一帮后辈子侄去离家不远的田野堆雪人。雪很深、很深,我学着父亲、哥哥当年在雪中给我开路的样子,在雪地踏出一行雪窝,把他们引向银色的世界。雪人堆起来了,我们笑着,欢呼着,阳光下的雪人也在笑。不知是谁带头打开了雪仗,我也加入进来,一下子仿佛回到了童年时代。这次回乡两年后,我慈爱的母亲病逝。按照家乡的风俗,把母亲遗体移往搭在户外的灵棚时,天空下起了大雪,漫天洁白。夜晚,我跪在雪地上给母亲守灵,恍惚中觉得自己像一棵树,腿脚宛若树根,穿过雪层深深扎进了故乡的泥土。

天上的雪在飞,我头脑中的雪也在飞。最是难忘故乡雪!雪里有我炽烈的情愫,有我绵绵无尽的思念。

故乡的年

时近年关,愈发想起儿时在故乡过年的情景来。

我的故乡在河南省温县。温县地处豫西北平原,北倚太行,南临黄河,居祖国中部。根据温佶碑和温邈墓志铭的记载,温国建立的时间在夏初少康复国时。温国得名与境内有两处温泉有关。温县设县则始于春秋时期,距今已有2600多年。在我家方圆十里内,曾诞生孔子门下七十二贤人之一的卜子夏、晋宣帝司马懿、北宋画家郭熙等著名历史人物和艺术家。因为乡邦古老,我们家乡的年就特别古朴,像久酿的酒、陈年的醋,韵味十足。我小时企盼过年,曾天真而又真诚地对母亲说:"妈,过年真好,我想天天过年。"

过年能吃好的穿新的。平时家贫,不敢奢望吃好的,但过年却可以"猛造"。一入腊月,家家户户碾米、磨面、买菜、割肉、打酒,争着抢着一般。二十三祭灶烙火烧，二十六七蒸馍（馒头、包子、豆包、枣馍），二十八九过油（炸油条、丸子），大年三十煮肉、包饺子，要把破五（初五）之前所有吃的全部备齐。家里案上摆的，锅里煮的，梁上挂的，罐里装的，篮里盛的，席上晾的，全都是菜、肉、馒头等吃食。谁家做好了便挨家去送，互相品尝，满村满巷都是肉与馍的香气。至于穿戴，无论大人小孩都必得换一身新的，新衣、新裤、新鞋、新帽，虽然多由家织布做成，却也平展展、暖融融、新格盈盈的。一觉醒来，母亲早已放在了床头，穿上跳下床，往院内一站，嘿，换了个人似的。

过年能玩个痛快。"新年到，拍手笑，闺女要花儿要炮。"仿佛要把一年的玩集中起来消费，大人玩、孩子玩，小村玩疯了一般。玩中有两样最值称道：一是划旱船。这是由江南的龙舟演化而来。旱船的样式大致分为龙船、鱼船和彩船三种，通常三只船在一起表演。船由船身、篷阁、船帐、桅杆、帆、桨等部分构成，另有彩旗、绣球、花束等装饰。演员二人，一人扮女郎坐船，一人扮船翁赶船，以弦乐伴奏，行进中边歌边舞，演奏曲牌小调，地方特色尤浓。一是荡秋千。秋千粗放、高大，决非"墙里秋千墙外道"那种。高数丈，大木架起，

/183

手腕粗麻绳,安脚踏板,但只许站不能坐,或成对,或单飞,前方树梢高悬一馒头,要用嘴叼下来。这可是个比胆量、比气力、比技巧的游戏,惊心动魄,观者云集。此外,还有踩高跷、耍狮子、斗老虎、背桩行水、鹬蚌舞、社火鼓、太平鼓、得胜鼓等。社戏更是村村演出,有豫剧、曲剧、大三弦、老怀梆。小孩子玩的花样更多,放鞭炮、吹糖人、弹钢球、琉璃嘎嘣、风嗡噜、嗡啦啦等。

  故乡过年我印象最深的是贴对联、敬神和串亲(走亲戚)。从大年三十上午开始,家家户户便忙着"贴对"。凡门必贴,门框、门楣、门心,满门皆红。门上贴,其他各处也贴。大门口迎面树上贴"出门见喜",院里贴"满院春光",水缸上贴"川流不息",面瓮上贴"米面兴旺",案板上贴"小心刀口",油灯下贴"小心灯火",满户满街满村都是红彤彤的,到处洋溢着希望和祝福的氛围。敬神从腊月二十三开始。这天敬灶王爷,为的是让它"上天言好事,下界保平安"。大年三十晚敬神更隆重,财神、钟馗等各路神仙都要请到,已去世的长辈也要将神位请回家过年。家中各处烟火明灭,颇为肃穆。饺子煮好要先端去敬神,不知是为节省粮食,还是神仙们本来饭量就小，一个碗里只盛七八只，过一会儿还是端回由我们吃掉。父亲对"祖爷祖奶奶"最虔诚，面对牌位三叩首。我们也依样而为，不敢稍有差池。春节串亲从初二开始，探父母的，瞧舅姨的，看姐妹的，会朋友的，从早到晚，乡路上涌动着色彩斑斓的串亲人流。

过年我最大的收益是收"压岁钱"。叩头、行礼，投入不多，收入不少，壹角、贰角、伍角地攒一起也有三五元，供支付一年的学费和零用。某一年我财源滚滚，多收了一二元，然而乐极生悲，全部压岁钱在看戏的拥挤中遗失。为此父亲揍我一顿，因为有皮肉之苦，对这年的年印象极深。

怀想故乡的年，更怀想故乡的人，怀想养育我的那片热土。我站在白雪皑皑的东北，遥祝家乡的年越过越好。

后 记

我一生爱好写作，从 17 岁当兵时开始，一直到现在退休后的 67 岁，坚持了 50 年。19 岁时，我被部队送到贵州日报学习。21 岁时，我有幸被选送到吉林大学中文系深造。这辈子做过记者梦、作家梦，但最终选择了做出版，写作在一生中只是业余。青年写诗，中年写散文、纪实文学，晚年搞长篇小说创作，结合工作实践，也有几本出版专著问世，拢起来，共写作发表了四五百万字的作品，散文是其中的一部分。曾出版过《愧对芦荟》《笔端流痕》《五松居杂笔》《灯下草虫鸣》等几个散文集子。本集所收散文专注于写亲情乡情，一部分写于中年时期，一部分写于近年来长篇小说创作的间隙，有的发表过，有的没有发表，取名《最后一个舅舅》，源自其中一篇文章的篇名，也是表示和往日时光的告别，对拉不住的已逝岁月的恋惜。

这本集子的出版，得到了一些朋友的帮助。著名作家裘山山帮我看了书稿，建议精选其中写人物的篇章，她擅小说创作，又是写散文高手，且当过多年编辑，所言是很有见地的。富有编辑经验的四川文艺出版社张庆宁总编辑慧眼独具，提出缩小光圈，把焦点对准故乡人物，以人物为中心反映乡村图景，使这本书有了现在的模样。著名散文家、陕西省作家协会副主席、陕西师大教授朱鸿先生，应邀为本书作序，时值西安新冠疫情反复中，他克服诸多困难，准时完成序言写作，对本书做了中肯评介。本书责任编辑细心编稿，美术编辑精心设计封面、创作插图，为拙作增色生辉，对这些朋友及出版社相关工作人员，一并致以诚挚的谢意。

每个人的一生都似一条河流，或大或小，或长或短，但不管流多远，都有自己的源头。这个源头就是故乡。每个人对故乡，都会有很深的眷恋之情，如果这本小书，能让读者在思念故乡中有所慰藉，我就有几分欣喜了。

樊希安
2022 年 10 月 23 日清晨于北京大兴翰林庭院